百六歳　命の言魂

田中志津

土曜美術社出版販売

随筆集　百六歳　命の言魂＊目次

第一章　『親子つれづれの旅』より

親子対談　9
翻訳　26
りんご　31
トンビ　34
病院通い　37
旅に行かずとも　40

第二章

クリスマス　47
年賀状　50
『樹詩林』　53
祝状　55
化粧　62
いわきアラカルト　65
ふと立ち止まって　振り返る我が人生　73

心に響く言葉　75
旅情　80
母子文学碑掲示板　86
親子三人展　89

第三章

続・田中志津　執筆の系譜　97
はじめに　97
◆自作解説　98
歩きだす言の葉たち　98
愛と鼓動　101
親子つれづれの旅　104
田中志津歌集　この命を書き留めん　107
百四歳・命のしずく　108
佐渡金山　110
世界遺産フォーラム　112

佐渡金山世界文化遺産登録に託して　114
回想　小千谷慕情　117
いわきに想いを寄せて　122
世界文化遺産登録へ願いを込めて　125
祝いの朝　128
佐渡金銀山　世界遺産を目指して　登録実現　見届けたい　129
『愛の讃歌』娘を語る　133
娘を語る　136

田中志津（たなか・しづ）プロフィール　144
刊行に寄せて　148

カバー・表紙写真　著者（百六歳）いわき市の自宅にて
撮影（二〇二三年）／田中佑季明
カバー装画／田中志津

随筆集　百六歳　命の言魂

第一章

『親子つれづれの旅』より

親子対談

はじめに

今回は、親子の対談ということで、母・田中志津とその息子・佑季明の対談を企画してみました。普段同居している母との会話は、一般家庭で日常親子の間で会話しているものと遜色ないものと思います。

しかし、あらためて企画として発表する以上、親子の対話ではありますが、作家の視点で、その生きざまを考察してみたいと思います。

Q&A型式をとりながら、紙面の制約の中で、どこまで迫ることができるか分かりませんが、その一端でも披露できるとするならばよろしいのではないかと思います。（田中佑季明）

＊

母の来歴

息子　それでは最初に、百二歳という長い人生を生きてこられて、最も輝いていた時代と言いますか、時期はいつ頃でしたか？

母　そうね、やはり青春時代を過ごした佐渡の相川時代だったわね。

息子　それはどうしてですか？

母　当時は両親も健在だったし、弟や妹も同居していたので、家族で生活できたことが幸せだったわね。父親は新潟から栄転で、佐渡支庁の首席属に就任していたのよ。毎日のように、地元紙に父の動向が大きく報道されていたわ。私も父親の報道を毎日楽しみにして読んでいたわ。

息子　へぇー、祖父は凄い人なんだ。今で言う総理同行の超小型版みたいなものなんだね。

母　そうね。写真入りでよく掲載されていたわ。父親には、「お前も新聞に掲載されるような人物になりなさい」と一言、言われたことがあったわね。当時は、聞き流していた程度であまり気にも留めていなかったけれどね。

息子　でも、父親の意志を継いで、お母さんも朝日新聞はじめ他の全国紙や地方紙、週刊誌、月刊誌、ラジオ、テレビと、よくマスメディアに登場しましたよね。そういう意味では、父親の遺言のような言葉を着実に引き継いで実行していますよね。

母　あまりそのことは、意識していなかったけれど、結果的に、本の出版などで、いろいろとメディアに取り扱っていただくことが多かったわね。父親は、私が二十歳のときに、官職に就いたまま脳溢血で倒れ、一晩で亡くなってしまった。享年五十四歳だったわ。私にとっては、大変な衝撃だったわ。尊敬する父親を失い、大黒柱が亡くなってしまったのだから。家計は長女である私への負担が大きくなり、弟の学費援助のために、残業代を稼ぎ援助していた時代だったわ。父が亡くなり、あらためて父の存在の大きさを認識させられたのよ。また躾・教育には厳しい父親だったけれども、よく長女の私を可愛がってくれたわ。

息子　以前、聞いたお母さんの話によると、父親は、何かにつけて、シー（本名シヅ）やシーやと、長女のお母さんのことを気にかけていたそうでしたからね。

母　ええ、長女ということもあったのでしょうね。女学校の卒業式で、父親が来賓祝辞の挨拶するときの原稿を、父親が間違って読んでいないかの確認をさせられたこともあったわ。卒業式では、父親の挨拶を聞いていた学友たちが、涙を流している姿が今でも思い出されるの。

息子　ふーん。立派な父親だったんですね。僕は幸せ者ですね。百二歳の母親と、こうして元気に暮らせているのだから。いつまでも長生きしてくださいね。年金も死ぬまで支給されるのですから（笑）。

母　そうね。ありがとう。

息子　佐渡時代は、女学校を卒業すると三菱鉱業㈱佐渡鉱山に勤務されましたよね。その当時のことを聞かせてください。

母　私はクラスの仲間と三人で、佐渡鉱山に入社したの。女性事務員第一号だったのよ。

息子　それは鉱山でも注目されて、モテたことでしょうね。

母　うっふふ……若かったもの。それなりに華だったわよ。

息子　当時の佐渡鉱山の様子はどうだったのですか？

母　私は昭和七年から八年間、鉱山に勤務していたの。この時期は、佐渡鉱山の隆盛から凋落に向かう頃だったわ。全国から優秀な大学卒の人たちが集められ、鉱山も活気に満ちていたの。朝鮮の技師も佐渡に来ていたわ。アンポーエキさんと言って、背が高く色の浅黒いインテリな技師だったの。増川（母の旧姓）さんをぜひ朝鮮に案内してあげたい。私が四、五日かけて全部案内すると言ってくれたわ。当時、外国旅行などは、夢のまた夢の時代でしょ。話だけでも嬉しかったわ。また、同じ事務所の私の後ろの席には京都大学を卒業された技師の稲井好廣氏がいたわ。後に、三菱金属㈱社長・会長を長く務められた立派な方だったわ。その他、早稲田大学を卒業された鈴木学さんもいたわね。彼は後年、福島県の小名浜製錬所の所長を務めていた方なの。平成になってから、彼の案内で娘と小名浜製錬の工場見学をさせていただいたことがあったわ。私は昭和五十三年に佐渡を舞台にした小説『遠い海鳴りの町』を刊行しましたよね。稲井社長もこの本をご覧になっておられたのよ。当時、すでに社長に就任されていたわ。社長は早速「海鳴会」と命名された会を立ち上げて、当時の仲間たちを東京に呼び寄せてくださった。都内の一流ホテルや三菱金属㈱の高輪会館で、宴会を盛大に開いていただいたわ。会食後には、立浪会を呼んで佐渡おけさを輪になってみんなで踊ったことを懐かしく思い出すわね。

息子　そんなこともありましたね。当時、新宿の自宅から「海鳴会」へ、母がお洒落をして出かけて行く姿を見ましたもの。

母　海鳴会は、四、五年続いたのかしら？　旧交を温め、みんなで当時を思い出して楽しいひと時を過ごせたわ。稲井社長にはとても感謝しているの。

息子　いいもんですね。積もる話に花を咲かせて、昔日の思いに耽ったのでしょうね。ところで、佐渡の鉱山祭りも盛大に行われていたそうですね。

母　ええ、鉱山全体が三日間休業となって、鉱山祭り一色だったわ。とても賑やかで華やかなお祭りだったわ。電気課では、三菱《スリーダイヤ》のイルミネーションを作り、山車には、粋な芸者衆が何人も乗って三味線を弾き、町を流すのよ。大きな布袋《ほてい》様なども作っていたようだったわ。私も女子職員と一緒に、「東海道中膝栗毛」の演目で、着物姿で舞台に上がって演じたりしたわ。また、佐渡おけさを皆で踊り、このときは、鉱山祭り一色だったわ。今はあれだけの活気に満ちた鉱山祭りはないでしょうね。私は写真に詳しい課長に頼まれて、写真の現像・焼き増し技術を教えてもらい、一カ月かけて、狭い暗室で職員の写真申し込みに対して汗を流したの。その数、百枚以上になるかしら？

息子　凄い！　まるで写真屋さんですね。鉱山祭りの活気がなくなってしまうことは、とても寂しいことですね。佐渡金山が世界文化遺産に登録されれば、また当時の活気が蘇るかもしれませんよね。今は暫定登録中ですね。

母　そうよね。ぜひ五度目の挑戦で、世界文化遺産の登録を実現してもらいたいわ。

息子　母親が生きているうちにぜひ実現させたいですよね。これからは時間との闘いだ。

母　もちろん世界文化遺産になってほしいわね。私は平成二十一年三月二十八日、新潟大学旭町学術資料展示館主催で行われた「世界遺産フォーラム」（万代市民会館大ホール）において、「世界遺産教育」の一環として、「世界遺産登録へのエール」を会場で代読していただいたわ。

息子　僕もそのとき、同行していたので知っています。新潟大学の副学長さんたちが、母親の所にご挨拶に来られていたのを思い出しました。

文学碑

母　願わくば、一日も早い登録を願ってやみません。平成十七年四月十五日には、三菱マテリアル㈱、㈱ゴールデン佐渡のご協力を得て、佐渡金山第三駐車場の一角に大きな「佐渡金山顕彰碑」が建立されましたよね。

息子　僕も同行していました。二トンの金鉱石と金鉱石の由来、そして母親の文学碑が三点セットで建立されていますね。式典の取材を受け、毎日新聞はじめ新潟日報などで、大きく報道されましたね。

母　大変名誉なことで、光栄に思っています。

息子　その後、何度か文学碑を見に佐渡を訪れましたね。

母　ええ。何度佐渡を訪問しても、青春時代の輝きは色あせることなく私の胸に浸み込んでいるわ。稲井好廣会長にも、是非文学碑をご覧いただきたかったわ。稲井会長の三菱金属の社内葬には、私一人、女性の参加者として参列させていただいたわ。会場では、三菱商事に勤務されているご長男様が、私の所に来て、ご挨拶していただいたわ。「生前は父が大変お世話になりました」って。稲井会長にふさわしいご立派な方でした。

息子　佐渡は母にとっては忘れられない、日本海に浮かぶ島なんですね。文学碑の話が出ましたので、他の文学碑についても触れてみたいと思います。

母　小千谷の「田中志津生誕の碑」と、いわき市の「母子文学碑」のことね。

息子　ええ。

母　小千谷は私の生まれ故郷だから、小千谷に寄せる思いもひときわ大きいのよね。

息子　小千谷は、船岡公園のロケーションの良い場所を、小千谷市役所にご提供いただきましたね。この土地は、豪商・西脇家が所有していた土地のようですね。現在でも一部西脇家が所有する土地もあるようです。眼下には、蛇行する信濃川を見下ろし、遠方には八海山をはじめとする越後三山を望む素晴らしいところですね。建立式典には、小千谷市長はじめ新潟大学教授など多くのご来賓の方々にご臨席いただきました。私が司会進行をしたので、よく覚えていますよ。

母　その節は、大変お世話になりました。

息子　いいえ、母のためなら労を惜しむことはございませんよ（笑）。何でも申し付けください。何でもやりますよ。ハイッ！

母　あらためて、ありがとうございます。

息子　福島県いわき市の千三百年の歴史を誇る大國魂神社にも、母子文学碑が建立されていますね。

母　いわきは、晩年の地となります。この地に、親子で三基建立できたことは、この上なく嬉しいことです。私の短歌は東日本大震災のときの小名浜港を詠んだもの。娘の保子（佐知）は代表作「砂の記憶」の一篇の詩を、そして佑季明は、三年遅れて短歌を詠んでいますね。まさか、親子三つの碑が建立されようとは、思ってもいませんでしたよ。

息子　宮司・山名隆弘氏には、感謝しています。当初は、いわきゆかりの詩人、姉・佐知の詩碑「砂の記憶」だけを建立する予定でした。だが、一つだけ神社にポツンと姉の碑が建立されているのでは何か寂しい気がしました。建立実行委員会の方々とも相談して、母の歌碑を同時に建立したらどうかという結論に至り、二つの碑が完成されたのでしたね（平成二十六年五月二十九日）。

母　そうだったわね。お母さんの碑も娘の碑と並んで神社に建立できることは、夢のようであり、とても幸せでした。

息子　その後、宮司・山名隆弘氏から、「息子さんの碑も建立されたらいかがですか？」という思いもかけないお誘いがありました。せっかくならばこの機会に、母が健在中に建立したいという気持ちと一致したわけです。もともとはこの神社の中に、「言霊の杜」ということで、文学碑、詩碑、句碑などの建立構想があったそうです。この場所では、私たちの碑が第一号となりました。三基の碑の前には、「みだれ髪」の作曲家・船村徹が記念植樹された大きな「とちの木」があります。ちなみに、彼は栃木県の出身です。栃木の県木がとちの木です。

母　日本の歌謡史に燦然と名を残された、船村徹先生もお亡くなりになってしまいましたのね。寂しいわね。先生が、娘の詩を見守ってくれている気がします。

夫の酒乱

息子　さて、最初の質問は、最も輝いていた時代を尋ねたわけですが、次に最もつらい時代というのは、いつ頃でしたか？

母　夫が大企業の工場長を退職して、昭和三十年代に起業したが、失敗して経済的困窮を味わったけれども、まだ耐えられたわね。それよりも精神的苦しみの方が、耐えられなかったわ。

息子　それは父親の酒乱生活のことですよね。

母　そう、二十年という膨大な歳月を夫の酒乱により苦しめられ、子供たちをも巻き込んでしまったことが悔やまれるわ。あなたたちにも、とても大きな迷惑をかけてしまい、本当に申し訳なく思っているわ。

息子　確かに、あれは何だったのだろうか？　小学生の頃から、大学卒業前後まで、荒れ果てた家庭生活が毎日のように続いていましたね。

母　本当に、あなた方の青春時代を壊してしまい、すまないと思っているよ。

息子　いやぁ、混沌とした家庭生活の中でも、子供たちには、それぞれの青春時代は在りましたよ。心配することはありませんよ。

母　特に長女の保子は、女の子だから、傷つきやすく、青春時代の蹉跌は大きかったと思うわ。

息子　姉は僕と違い頭が良く、学校でも人気者だったね。家庭の荒廃した生活ぶりを、学校にまで、引きずらなかった気がする。人とは異なる才能があったしね。子供のときから、自分の世界を持っていた。家庭は家庭、学校は学校で、頭の切り替えが上手だった。兄も学級委員や合唱団の指揮者に選ばれ、そつのない生き方をしていたようだね。末っ子の私は、母親に甘え、母親への依存が比較的強かった。父親の酒乱による、家族への暴言を許すことができなかったね。大学に入学してからは、遅まきながら私も自立精神が旺盛になってきましたね。大学の授業料や入学金は、タイムラグはあったけれども、バイトしながら自分で全部支払ったことが唯一の自慢ですよ。

母　佑季明は、頑張り屋だったものね。

息子　根性があるんだよね。これも家庭崩壊から生まれた、正の産物かもしれないね。

母　あのような苦渋に満ちた酒乱生活の中で、子供たちはよく不良にならなかったと感心していましたよ。

息子　母親が、酒乱の父に対して真摯に向き合う姿勢を見て、誰も道は外せませんよ。父が反面教師となったわけですね。

母　荒れ狂う酒乱の嵐の中、耐えきれずに私と娘は家出をしたことがあったわよね。郊外の中央線沿線の三鷹駅に近い、新築アパートの二階の部屋に半年近く身を寄せていたことがあったわね。

息子　僕と兄は新宿の自宅から、会社へ通勤していたね。時々三鷹の家へ寄って、宿泊したこともあったね。

母　保子は、可哀相にせっかく入社した三菱商事を、酒乱生活のために退職してしまった。課の新規事業立ち上げで、会社で夜遅くまで仕事をして、帰宅しても酒に塗れた父親が悪態をついている。持ち帰った仕事を始めようとしても、こんな環境では仕事が手に付くわけがない。仕事と家庭との葛藤があったのであろう。苦渋の決断で退職せざるを得なかった。申し訳なく思っているわ。

息子　確かに子供たちには、それぞれ程度の差こそあれ、影響はありましたね。大手商社の外国部に勤務する兄は、夜遅くまで飲み歩き、帰宅は、父親が寝静まる頃だったね。

母　酒乱生活に終止符を打ったのは、夫が病で倒れ、享年六十四歳で永眠してからだった。

息子　酒乱生活から得たものはあったのであろうか? 母にはその副産物として「文学」があったような気がする。

次に文学とのかかわりについてお聞きしたい。最初のきっかけは何でしたか?

母　その前に、私は子供の頃から綴り方が好きだったのね。学校でも先生がよく、私が書いた作文をみんなの前で読んでくださったわ。結婚後は、気の進まない結婚生活をまぎらすために、たくさんの短歌を詠んでいたの。その当時の短歌はみんなどこかへなくしてしまったわ。あればあらためて読んでみたかったわね。

息子　そうした土壌があったのですね。ＮＨＫでドラマ化された経緯はどうなんですか?

母　私が日記を書いていたものが、劇作家・郷田悳氏の眼に留まりドラマ化されたのよ。
　先生は私を戯曲家に育てたいと仰っていただき、自分の戯曲が舞台で公演されていると、新橋演舞場など都内の劇場に連れて行ってくださった。役者がキセルを叩く場面では、ここが演出部分だとご指導いただいていました。山田五十鈴はじめ豪華キャストに囲まれた舞台は華やかなものでした。しかし、私は戯曲家よりも作家になりたいと申し出て作家の道を歩んでゆくのです。

息子　私もNHKで母の随筆日記の原作「雑草の息吹き」、ドラマのタイトル「今日の佳き日は」がNHKで収録される日に母と同行しましたね。母親役を山岡久乃、弁護士役が小沢栄太郎でしたね。

母　NHKには、演技指導と確認のため呼ばれました。放送日は夫がいつになく喜んでくれて、「全国津々浦々まで放送される」とにこやかな表情を浮かべていたことが、印象に残っていますね。

息子　その後同人誌「文学往来」に入り「銀杏返しの女」、後に『信濃川』を処女出版する運びになったわけですね。

母　『信濃川』では映画会社との盗作問題で、大手新聞社を新宿の自宅に呼び、記者会見をしました。映画会社の不条理な対応に心を痛めました。

息子　それで日本文藝家協会と日本著作権協会に入会したわけですね。

母　後に、川端康成賞を受賞された理事の青山光二先生と、高橋玄洋先生の推薦を受けて入会が承認されました。これで文学への熱い情念が燃え滾り作品に打ち込むことができたのです。しかし、遅筆のため、作品は思うように進展せずに創作できませんでした。夫との酒乱生活を描いた『冬吠え』、佐渡金山四百年の光と影の歴史を織り交ぜて執筆した『遠い海鳴りの町』、『佐渡金山を彩った人々』、『佐渡金山の町の人々』、『志津回顧録』、『雲の彼方に』、『年輪』、全集『田中志津全作品集』上・中・下巻、『ある家族の航跡』、『邂逅の回廊』、『歩き出す言の葉たち』、『愛と鼓動』などを刊行してきましたね。

息子　凄いことですね。全集については、本編のほかに、全巻点字翻訳本として新潟県視覚障害者情報センターに所蔵されています。

母　眼のご不自由な方たちにも読んでいただけることは、何と素晴らしいことなのでしょうか。嬉しい限りです。小千谷出身の眼の不自由なクリスチャンの方が、全集を読み、自分が生まれ育った小千谷が描かれている『信濃川』が特に素晴らしかったと人づてにお聞きして嬉しかったわ。

息子　点字翻訳とは、素晴らしいことですよ。作家冥利に尽きますね。

母　ええ。本当だわ。

息子　人との邂逅も、素敵な出会いをもたらすことがありますね。国立大学教授の時衛国氏によって、中国の週刊誌「中華読書報」（平成三十年四月四日）に母の紹介記事が掲載されたことがありましたね。

母　ええ。とっても驚いたわ。私ばかりでなく、娘や佑季明のことも触れていただいているわね。

息子　中国の人たちにもわれわれの存在を知っていただけるなんて、とても素晴らしいことですよね。時先生とは、日本ペンクラブの懇親会で知り合いになりました。

母　中国の週刊誌に掲載されるとは想像していなかっただけに、嬉しさも百倍ですね。時教授には大変感謝しています。

息子　私も今年九月に中国で開催される山東大学「多文化研究と学際的教育」の国際シンポジウムで講演する予定です。これも時教授との出会いがなければ実現できなかったことです。感謝しております。

佐知の残したもの

息子　さて、今度は姉の朗読について話を進めてまいりましょう。姉は自作詩の朗読を俳優座などで、岩波映像の社長と催しを開催したことがありますね。俳優座の晴れ舞台で朗読する姉の姿を、母は足のけがのために見に行くことができなかった苦い経験がありますが、今回は母の作品をＦＭで朗読したことについてお聞きします。

母　娘の佐知が私の二冊の小説『佐渡金山を彩った人々』と『冬吠え』の全編を、ＦＭ放送で約二年近くかけて朗読してくれました。ありがたかったわ。朗読の終了後しばらくして、娘は直腸ガンで命を絶たれてしまった！　残念至極だったわ（平成十六年二月四日　享年五十九歳）。

息子　壮絶な最期でしたね。姉は執念で母の作品を読破したのでしょうね。これほどの親孝行はないですね。死をもって朗読を完了させた。潔い生きざまですね。

母　本当に嬉しくありがたかったわ。埼玉県川越にある老舗の高級割烹料理店「山屋」でお礼を兼ねて祝宴を家族で上げさせてもらったわね。女将が気を利かせてくれて、一番良い部屋に案内してくれたわね。

息子　あのときは、姉は死を覚悟しての朗読だったようですね。自分の病の深刻さを、放送局のスタッフや友人、知人たちにも知らせずに、命を賭けて朗読を完了させた。あんなにも心の強い姉の姿を見たことがなかった。

母　凄い娘だ。神は何故無情にもわが子を天国へと連れ去ってしまったのだろうか！

息子　もう少し命を与えてくれれば、詩や随筆だけに留まらず、小説にも手をかけていただろう。姉の小説も読んでみたかった。

母　本人も小説を書きたいという意欲はあった。「お母さんにみんな小説のテーマを持っていかれちゃったわ」と言われたことがあったわね。

息子　なるほど。たぶん家庭での波乱万丈に満ちた生活を描きたかったのだろう。でも同じテーマでも書き方によって、多様な作品が生まれることを知っての発言だったのだろう。たぶん、母親に甘えてみたかったのだろう。

母　兄弟が一人も欠けずに、この時代を共に生きてくれていれば、どんなに母親として嬉しかったことであろう。だが、娘の死は冷静に受け止めなければなるまい。

息子　姉は今を生きている。そんな実感を持つことがよくある。それは、十五年たっても、混声合唱組曲「鼓動」として歌い継がれてゆく現実を直視するとき、「姉は今を生きている」そんな実感を持つことがよくある。

母　ほんとうにそうだわね。楽譜から流れてくるメロディに乗って、娘の佐知が立ち現れてくるようだわ。

息子　これから残された人生をどう生きて行くのですか？

母　人に迷惑をかけない生き方をしてゆきたいわね。佑季明にはいつも迷惑のかけっぱなしだけれどね（笑）。

息子　お世話は喜んで、楽しんでやっていますよ。

母　ありがとう。良き子供を産んでおいて良かったわ。感謝しています。

息子　長い時間かけて、縷々母には質問などして、お疲れさまでした。もっといろいろな引き出しがある母なので、これで終わらせることもしのびないのですが、今回の対談はこれにて閉幕といたします。これからいつまでも笑顔を忘れない元気な母親であってください。ありがとうございました。

母　こちらこそありがとうございます。

＊

対談を終えて

限られた紙面の中で、私の力量不足もあって、田中志津の全体像を充分に浮き彫りにすることが出来なかったもどかしさや、無念さが残る。だが、母の人生の一端をこの対談で少しでも汲み取っていただけたならば、嬉しい限りである。

（田中佑季明）

翻訳

ある日の朝、一本の電話がいわきの自宅に掛かってきた。電話口に出たのは、息子の佑季明だった。息子の声は弾んでいた。何か朗報でも舞い込んできたのかしら？　と、私の部屋で耳をそっと傾けていた。電話を終えると、息子は私の部屋に来て、「お母さん、おめでとう。お母さんの全集『田中志津全作品集』が、新潟の図書館で、上・中・下巻の全巻が点字翻訳されているという話なんだ」。私はどなたからの電話だったのと尋ねると、「新潟の親戚の藤澤さんの奥さんからだよ」。思いがけない知らせに、喜びを隠せなかった。藤澤さんによると、盲目の小千谷市出身のクリスチャンの老婦人が、三巻とも全部読んで下さったそうで、小千谷出身なので、小千谷を舞台にした『信濃川』に特に興味をひかれ、楽しく読ませて頂いたと話していたという。誠に有難いことである。目の不自由な方々にも私の全作品を読んで下さると思うと、胸が熱くなった。まさか、私の全集全巻が点字翻訳本となるとは夢にも思っていなかった。図書館関係者などには厚く御礼を申し上げたい。私にとっては大変名誉なことであり、光栄に思っている。作家冥利に尽きる。あらためて全集に収載されている作品の数々の思い出が、走馬灯のように私の頭に蘇ってきた。ひとつひとつの作品は私の子供のようなものであり、また魂でもある。この年齢になるまで、執筆を続けてきて、本当に良かったと痛感している。それも健康であればこそ作家活動が続けられたわけである。皆様に感謝申し上げたい。

この点字翻訳本は、「新潟県視覚障害者情報センター」（元新潟県点字図書館）に所蔵されている。この点字翻訳本は、二〇一七年十月に完成された。「紙媒体の点字資料」として、視覚障害のある方に貸し出しサービスも行っている。

次に、翻訳と言えば、娘の田中佐知（保子）が、韓国で二冊の詩集を佐渡在住の女性の紹介により、バベル・コリア社から刊行している。『見つめることは愛』と『砂の記憶』である。佑季明は、韓国は詩人の評価が高いということで、韓国での出版を決意した。二〇〇八年、私は息子たち（兄・昭生と弟・佑季明）と三人で韓国を訪問した。出版社の女社長及び女性の翻訳者二人（教授、エッセイスト）と韓国在住の日本人老夫婦と、ソウルのロッテホテルで面会した。彼らは、「わざわざ日本から」と、訪問をとても喜んでくれた。私たちは、ロッテホテルで共に会食をして慰労した。その後、ソウルの大型書店二店舗を、タクシーに乗り訪問した。昭生は店員に英語で、娘・佐知の本が、何処に配置されているか場所を尋ね、娘の本二冊との出会いが叶った。棚に並べられた本を見て、娘が生きているような錯覚に陥った。娘の佐知が生きていれば、どんなに喜んでくれたことであろう。至極悔やまれた。娘が健在であれば、アジア詩人会などのルートを通じて自作詩を韓国で朗読したかったであろう。だがこうして、韓国の地で本が販売されている現実に触れられたことで、親子で感動を共有することができた。

ソウルの夜の灯りが煌めくホテルのレストランで、親子で祝宴をあげた。グラスの中の酒に、微笑している我が娘・佐知が、幻影として揺らいでいるように見えた。ソウルの夜は、深く静かに更けていった。

日本でも、韓国大使館にこの二冊の本を寄贈させて頂いた。大使館員からの手紙には、「館員はもとより、来館者たちにも、本を閲覧できるようにします」と、暖かいご協力のお言葉が認《したた》められていた。ご理解とご協力を頂き大変感謝している。息子たちも、大変喜んでいた。

ある年、福島県いわき市立草野心平記念文学館において、ある催しで韓国の女子高校生が、娘の『田中佐知絵本詩集』を韓国語で朗読したことがある。韓国語の朗読の音楽のような響きが、とても印象に残っている。

この絵本詩集は、田中佐知（詩）、南高彩子（画）、南高えり（英訳）による作品だ。この詩の中のベトナムは、英語で翻訳されている。

娘はかつて、外国の小説の一節を英語に翻訳したことがある。翻訳者からも褒められるほどの出来栄えだったようだ。後に映画化されヒットして、娘もロードショーを鑑賞に行ったようだ。

また、フランスで「親子三人展」を、エスパソ・ジャポンで一九九三年九月八日―十五日まで開催した。企画は、前年息子がパリに飛び実現させた。

私は「私の人生と小説」をテーマに講話した。スタッフの山本道子さんの、流暢なフランス語で同時通訳された。私の波乱万丈な生活を、熱を込めて語り、観客たちの涙を誘った。

娘は、自作詩を日本語で力強く朗読した。レジメのフランス語の詩を、観客たちには、予め渡していた。フランス語は、上智大学を卒業した娘の知人が、翻訳して下さった。佑季明はラジカセで、ショパンのピアノ曲をBGMで流していた。娘の朗読が終わると、観客席から、トレビアンの声が鳴り響いて止まなかった。感動を覚えた。娘は異国の地で、パリジェンヌたちに日本の心・詩が理解され伝わったことを、とても喜んでいた。佑季明は、油絵、水彩、写真などを展示した。写真集『MIRAGE』の装丁画を、佑季明が水彩で描いていた。その原画も展示していた。若いパリジャンは、是非販売してほしいと執拗に息子に要望していたが、今回は全品非売品扱いで、パッキングリストを税関に申告しているので、お断りしていた。

初の海外での催しも、翻訳者を通じて、実り多い企画となった。成功裡に企画展を終えてほっとした。帰国後朝日新聞の取材を受け、報道された。

また、娘の絵本詩集『木とわたし』が福島県立あさか開成高校の読み聞かせグループ「オイガ」によって英訳された。フィリピンの幼稚園児や小学校で、彼らが英語による読み聞かせを行い、新聞にも報道された。「オイガ」は読み聞かせ部門で、文部科学大臣賞を受賞している。日本の高校英語の教科書にも、彼らの活動内容が紹介されている。子供たちが『木とわたし』の絵本を抱えている写真が、新聞に掲載されていた。

二〇一八年四月四日付けの、中国の国民的週刊誌「中華読書報」に、日本の高齢作家・田中志津として私が紹介された。私の履歴を詳しく報道して頂いた。また、詩人の娘・佐知や作家・佑季明のことにまで触れている。中国の人たちに私たち家族のことを知っていただけるのは、とても嬉しいことだ。

実はこの報道には、当時、国立愛知教育大学大学院教授だった時衛国氏（現在中国・山東大学教授）が関わっている。息子の佑季明が、日本ペンクラブの懇親会場で時教授と出会い、私の「田中志津　執筆の系譜」などの本を寄贈させて頂いていたので、私ども家族のことも、佑季明を通じてご存知だった。時教授は、日本の作家たちの著書を数多く翻訳して中国に紹介している。日本翻訳家協会賞を受賞している。

いつの世でも、人との邂逅は、大切にしたいと思う。時教授には大変感謝している。

現在、中国で国際シンポジウムを開催する予定でいるという。今、当局に申請許可を提出しているそうだ。息子は、そのシンポジウムに招待されている。講演も依頼されているようだが、テーマは未定である。佑季明は早期の連絡を待っている。私にも参加要請があった。交通費、ホテル代を大学で負担するのでいかがですか？　とお誘いを受けた。だが、百歳の身体で車椅子での参加には、自信が持てず、残念ながら辞退させていただいた。

以上述べてきたように、日本語という一言語に留まらず、英語、韓国語、フランス語、中国語などによる翻訳によって、他国の人たちとの文化・芸術などの交流が計られ、理解を深められるのは、とても素晴らしいことである。各国とのコミュニケーションにより、相互理解と平和が得られれば幸せである。

二〇一九年六月十六日いわき市の自宅にて

りんご

私は、時々いわき市小名浜にあるデイサービスやショートステイを利用している。

本来、私にとって一番ベストなのは、自宅で息子の佑季明と過ごすことなのだ。誰にも気を遣わずに、自由な時間を過ごすことが出来るからだ。要するに、人付き合いが苦手なのだ。大衆の前で、よたよたとしたみじめな姿を晒したくはない。しかし、私の我儘ばかり通すわけにはいかない事情がある。それは、息子には時々東京へ出かける用がある。けれど足の不自由な私を、ひとり自宅に残すことが出来ないのである。薬の管理、食事、トイレ等々諸問題が山積している。私も以前の自分であれば一人で出来たことが、百二歳ともなると困難となってしまう。今まで出来たことが出来なくなることほど、残酷なことはない。過去にいわきで、息子の留守中に転倒して救急車で運ばれたことがある。くるぶしの骨折だった。その他、留守中での小さな怪我や転倒はよくある。大事に至らなかったのがせめてもの幸運である。

息子は、外から帰宅すると、開口一番「只今！　お母さん、どこにいるの？」が第一声である。自分の部屋で机に向かって、本や新聞でもじっと読んでいてくれれば安心なのだが、遠く離れたテレビ室や、簡易トイレを使用せず、手すりを使って、おぼつかない足取りで、トイレに入っていると叱られる。また台所で片付け物をしていると、大きな声で叱られる。「転倒したらどうするの！　お母さん。まな板や包丁が落下して、大怪我をしたら大変なことになってしまうよ。こういうことは、もうしないでよ。お願いだから！」と叱責される。忝い。私を気遣ってくれればこその言動だろうが、私は台所の後片付けが中途半端で乱雑になっているのが、とても気になるのである。昨年あたりまでは自分でそこそこ整理も出来ていた。自分が年々歳々年老いて、不自由な身体になってゆくことが情けない。寄る年には敵わない。

息子には、心配をかけて申し訳なく思っている。いつも感謝の心は忘れていない。ショートステイは、いつも一泊二日だ。宿泊する時は、息子が日本文藝家協会や日本ペンクラブの夜の会合に出席する時、出版社訪問、大学の同期生に会いに行く時、銀座の画廊や友人の個展などを見に出かける時に限られている。可哀相なものだ。

息子の海外旅行は、退職後に中欧（ハンガリー、チェコ、オーストリア、スロバキア、プラハなど）、ロンドン、グアムに行っただけで、ここ七、八年出かけていない。その当時九十代だった私は、一人で食事の支度や買い物、掃除洗濯が曲がりなりにもできた。

息子はここ何年も私に気を遣って、極力東京への上京や、海外旅行を避けてくれている。私はデイサービスも週一回出かけている。息子は、週一度は、朝から晩まで自由な時間を持てる。留守番の私に気を遣わず、安心して、銀行、郵便局、買い物、雑用や市内のギャラリーめぐりにも行ける。たまには、湯本温泉で、ゆっくりと旅館で休憩する時もあるようだ。私と四六時中一緒だと、心が休まることもないであろう。

息子は自分の仕事（創作活動など）の他に、私の薬の管理、料理、トイレ、入浴と結構大変だと思う。多分、ストレスも溜まっているのだろうが、私と違い、余り愚痴をいわない。感心している。

時々、気分を変えて、息子と近くの海や山にドライブに行くこともある。遠くへ旅行に行かなくても、自宅の湘南台の裏には山がある。浜通りには、雄大な太平洋の海が広がる。世界貿易港の小名浜港もある。またホテルでの食事や外食産業での食事も定期的にとるようにしている。息子への負担をこうして軽減している。

ショートステイやデイサービスでは、スタッフが、よく私の面倒を見てくれる。薬や食事の世話、入浴まで看護師が手を借してくれて、大変有難いと思っている。施設では、高齢の利用者たちと、レクリエーションの一環で歌を歌うこともある。そうした中に、絵の時間もある。私は元来、絵は苦手なのである。弟の弘は、プロになっても良いと思われる程に絵が上手い。姉弟でも、これだけ才能の開きがあるものかと呆れてしまう。だが、施設で今回描いた「りんご」の絵は、私が描いたとは思えぬ程の出来栄えだった。人からすればごく一般的の絵と思うであろうが……。

絵葉書サイズのリンゴの静物画である。とても気に入っている。絵心のない私だが、時にこのような奇跡を、神は与えてくれる。

息子が、額を購入してきて、家では額に入れて飾っている。

りんご可愛や可愛やりんご。

トンビ

三橋美智也の歌に、こんな歌がある。

夕焼け空がマッカッカ
とんびがくるりと輪を描いた
ホーイの　ホイ……

歌の文句にあるような光景が、ここ、いわき市の高台のわが家でも、見ることが出来る。都会暮らしだと、なかなか見られるシーンではないと思う。時々、七、八メートルあろうか、家の前のコンクリート製の電信柱のてっぺんに、空から舞い降りてきたトンビが止まっている。時々、ピィーヒョロ、ピィーヒョロロと鈴が鳴るような綺麗な声で鳴いている。鷹かトンビか見ただけでは、素人にはその判別がつきにくい。だが、その鳴き声で容易にトンビであることを認識することが出来る。鷹とトンビの違いは、鷹は全長五十—六十センチぐらい、足が短く太い。トンビは鷹より大きく八十—百センチぐらいと言われている。足と尾が長い。私は単独で鳥を見ただけでは、トンビか鷹であるか瞬時に見分けることが出来ない。鳴き声で判別するしかない。

　ここで面白いことに、二羽の鳥にはそれぞれことわざがある。「トンビに油揚げをさらわれる」「能ある鷹は爪を隠す」。日常生活を送るに当たって、時々使われることわざでもある。

　電信柱のてっぺんに停まっているトンビに、カラスが二羽、下から突つく仕草をしている。

　その場所を離れろという意思表示だ。そこには、トンビとカラスの絶妙な距離間がある。トンビは、上からカラスを見下ろしているが、その場を離れて逃げようとはしない。トンビの方が大きいのに、カラスは勇敢に挑発する。トンビも一気に上から襲い掛かれば、簡単に勝負はつくと思うのだが、勝負に出ない。どちらが先に仕掛けるのか見ているが、双方闘いの気配は見られない。無駄なエネルギーは使いたくないのか？　よくわからない。しばらくすると、カラスは諦めて、どこかへ飛んで行ってしまった。彼らにも、生きるための、縄張り争いがあるのであろう。

　息子は庭に食べ残した焼き魚の頭や身を、皿に入れて置いておく。また、食パンを細かくちぎり大きな皿に入れておくと、翼を大きく広げたトンビがどこからか舞い降りてくる。部屋の中から間近で見るトンビは、不気味な程大きくて恐ろしい。こちらを警戒しながら食べている。硝子戸一枚越しの三、四メートル程の距離だ。目は鋭いようだが、どこか可愛らしくも見える。魚の頭を足の鋭い爪でしっかりと押さえ付けて、鋭い嘴で食べている。パンも嘴で蹴散らしながら、勢いよくダイナミックに食べている。そこへ突然、黒い物体が急降下でトンビめがけて降りてきた。カラスだ。カラスは、トンビの餌を狙って襲撃してくる。トンビは大きな翼を広げて大空へ飛んで逃げてゆく。その後を、カラスが黒い羽根をばたつかせながら追いかけてゆく。私の視界から、二羽の鳥は大空へと遠く消えていった。

ドラマチックな展開が繰り広げられてゆく。

自然界に生きる動物たちの生態を、窓辺からひとり、間近で観察しながら、私は今日も生きている。

病院通い

百二歳ともなると、身体に変調をきたすことが多くなる。今年、夜中の二時ごろ、急に胸が締め付けられるような痛みが走り、慌てて、横で寝ている息子を起こして、急患で掛かりつけの看護師に自宅まで来てもらうことがあった。血圧が百九十もあるが、体温、脈拍は正常で、三十分ほどで落ち着いた。今回初めての経験だった。その時、胸の痛さが長く続いていた時に思ったことは、「まだ死にたくない」ということ。その生への執着を息子に告げると、「まだまだ大丈夫だよ。お母さん」と力強く勇気付けてくれた。同居している息子は、私のそばにいるだけで心強い。いつも私の心の支えでいてくれる。

後日、心電図、レントゲン、血液検査などの検査をするために病院を訪問した。後日、医師が自宅の定期訪問時に結果が報告されることになっている。緊急を要する時には、二十四時間即対応してもらえることにもなっている。

また、別の日には、鼻から大量の出血があり、止まらない。凄い量だ。これも初めての経験だった。何か事態が起きる時は、大体夜か深夜が多い。皮肉なことに、それも土曜日か日曜日と最悪だ。そのたびに息子に救急車を呼んでもらい、病院に付き添ってもらう。

東京に五年間避難していた時も、何度となく救急車のお世話になった。左大腿骨の骨折で、三カ月杉並のリハビリ病院へ入院。息子は毎日、雨の日も風の日も、中野から杉並まで自転車で二十分かけて見舞いに来てくれた。既に会社を退職しているので、時間が取れるのだろうが、それにしても、私を元気づけてくれる親孝行の息子である。いつも感謝の心は忘れていない。

私は年を重ねるごとに、体力も弱り、心が折れることが多くなってきた。私の弟や妹も亡くなり、兄弟は、長姉である私一人が生き残っている。最愛の娘・保子（佐知）もいない。友人、知人たちも、私より若くして、一人、二人、三人と他界して逝く。とても寂しいものである。己の身体の衰弱と、物忘れ、知り合いの死などが重なり、もの寂しさや悲しさが身に纏《まと》いつくことがある。最近は特に、大家族でいた頃が良かったと思うことがある。子供も一人亡くなり一人離れ、今は次男と二人だけの生活だ。夜の暗闇に包まれている中で、孤独や心細さが無情にも私を襲うことがある。

だが、強く生きなければいけないと思う。

次男は、私の体調が悪くなると、病院へ適宜連れて行ってくれる。主治医はいるが、内科の医師で月二度の訪問だ。週一度はリハビリに訪問看護師が来てくれる。健康管理の面でも、とても助かっている。だが、専門以外での治療は心許なく、やはり専門医に診察してもらう。息子は足の不自由な私を、車椅子に乗せて連れて行く。最近は、自家用車の乗降も容易ではない。息子も腰痛の治療をしているので、あまり無理もさせられない。そんな中、眼が悪くなれば眼科へ、歯が良くないと言えば、歯科・口腔歯科へ、それ皮膚科だ、耳鼻咽喉科だ、整形外科だと忙しく東奔西走している。私の身体はまるで病気の総合デパートだ。だが、お陰様で治療の効果もあって、それなりに完治している。医療への感謝も忘れまい。

各専門医院は、街のあちらこちらにあって、場所がそれぞれ異なる。私の身体は、よくぞここまで各部位に支障が出てくるのだろうか？　自分自身でも厭になってしまう。一言で言えば、その原因は加齢だ。年齢のせいだろう。百二年も生き続けていれば、オーバーホールをして、パーツを変えなければなるまい。機械ならば容易に可能であろうが、生身の身体だと、機械のようにはいかないものだ。血もあり肉もあり神経、感情だってある。

健康には充分留意しながら生きて行かなければいけないのだろう。だが、一日を振り返ると、朝起きてから寝るまで、テレビを見ながらコクリコクリと居眠りをすることはあっても、ベッドで休むことはほとんどない。息子の生活スタイルに引きずられて、生活している。従って、就寝時間は夜の十一時を回ることが多い。息子と、今後のことを含めていろいろ雑談をしていると、すぐに時計の針は十二時を過ぎる。百歳を超えて、若い時と同じようなライフスタイルをとっているのは、健康に良くないだろう。息子も早寝早起きを推奨している。最近は、幾らか早寝早起きを心掛けている。

果たして、私はどこまで生きるのだろうか？　私には分からない。私のある出版パーティーで、直木賞作家志茂田景樹氏に「死ぬ三十秒前まで書いて下さい」と言われたことがある。

生きている以上は、人に迷惑をかけないように留意しながら、充実した人生を送りたいものである。

旅に行かずとも

今まで、どれだけ多くの旅に出かけたことであろうか？　家族で、国内・海外と楽しく旅したものだった。それぞれの土地や国の数だけ、思い出がある。

旅は日常を離れ、新たな発見と刺激を与えてくれる。海外旅行は香港、マカオ、台湾、韓国、フィリピン、タイ、シンガポール、ハワイ、イタリア、フランス、スイスと各国を訪問した。私の随筆集『年輪』（武蔵野書院刊行）などにその時の様子を執筆している。また、三十一文字の短歌にも、コンパクトに素描した。自分の実力を棚に上げて言うのも烏滸がましいが、短歌は、短い文章の中に世界の広がりを持たせて端的に表現できるツールとして、優れていると思う。

印象に残っているうちに書き留めておかないと消え去り、旬な短歌は生まれない。新鮮で匂い立つような、薫り高い作品が生まれれば良いのだが、なかなか満足のゆく、思うような作品が生まれない。特に高齢になると、悲しいかな加速度的に記憶が忘却の一途を辿ってしまう。その点写真などは、記憶を蘇らす有効な手段のひとつであろう。忘れかけていたその土地のことなどを鮮明に思い出させてくれる。しかし、カメラがどんなに科学技術で発達しようとも、現実の人間の眼が写し出す生の風景等には勝つことができないであろう。人間の持つ眼と、カメラの持つ眼とでは、根本的な差異がある。対象物を生の眼で捉えて、見つめる眼。その視線の先には、人間だけが捉えることのできる感情を持った人の感性や心が宿るものだ。従って、それぞれの特性はあるものの、その特性を生かした活用が必要であろう。

私は、国内では、北は北海道から南は九州、沖縄まで、各地をいろいろと訪れたが、四国など訪問していない土地も残している。だがこの年齢になると、改めて旅行に出かけたいとはなかなか思わない。否、行きたくても体力的に難しい。

折角温泉へ出かけても、浴槽にも足腰が悪いので安心して入ることが出来ない。風呂場での転倒が怖い。身障者用の風呂場が備わっているホテルや旅館も、探せばあるのだろうがその気力も意欲もない。すべて息子任せである。

令和になって、初めて生まれ故郷小千谷を家族で訪問した。それは、私がある程度動けるうちにふるさとを訪ねてみたいと、次男の佑季明に話したからである。次男は実行力のある男で、それでは五月の連休明けの十四日から十六日までの二泊三日で計画しましょう、と予定を組んだ。次男も若くはなく、旅行中に私の面倒をひとりでみることも大変なので、茨城にいる兄・昭生を呼び、三人で旅に出た。若い時に両親や兄弟と共に過ごした故郷は、やはり一入《ひとしお》思い出が深い。当時とはだいぶ街並みは変わってしまったが、それでも町のあちらこちらに昔日の面影が覗く。

一日目は、私の文学碑を船岡公園に建立してもらった、石政石材工業へ挨拶に伺った。また翌日には、五月晴れの中、親戚の新築の家や地元新聞社、図書館、増川家先祖代々の墓のある成就院への墓参り、そして小千谷小学校へ向かった。前日からの強行スケジュールのため、校長・岡村先生への表敬訪問は、次男が校長室を訪れるだけで済ませる予定でいたが、校長先生は、百五十メートルほど先の、学校の外に駐車していた車まで小走りでわざわざお越しいただいて挨拶された。恐縮した。やはり故郷を訪れて、ゆかりの人たちとお会いできることは、大変嬉しいことである。小学校を後に、私の文学碑が建立されている船岡公園に車を走らせた。午後の柔かな日差しを浴びて、六トンある文学碑はひっそりと私たちを迎え入れてくれた。果たして来年はこの地を訪れることが出来るであろうかと、ふとそんなことが頭を過った。しばらく船岡公園を散策した。昔、ここで遊んだ思い出や、両親のこと、弟妹のことなどが思い出される。父方の先祖は、この地で十一代続いた縮《ちぢみ》問屋商「増善」であった。小千谷の地に、私の文学碑が建立されたことは、両親はじめ、ご先祖様も喜んでくれていると思う。そう信じたい。

午後四時前に、小千谷から福島へと向かった。小千谷から一気にいわきへ戻ることは厳しいので、磐梯熱海温泉で一泊して、翌日いわきへ帰ることにした。磐梯熱海温泉に宿泊することは、正解であった。思いのほか、小千谷からいわき市への距離は長かった。運転もしないのに疲労感はある。運転している佑季明は文句も言わずによく車を走らせている。隣に座っている兄は弟に気を遣いながら、珈琲や眠気止めのガムなどを差し出している。

磐梯熱海温泉で、親子水入らずで久し振りに宴を持った。子供たちは美酒に酔い、海の幸、山の幸に舌鼓しながら、親子でゆっくりと時間をかけて談笑した。

湯煙の立ち上る温泉宿は、ひっそりと私たちを迎え入れ、旅の疲れをとってくれた。

磐梯熱海温泉の夜は深く更けていった。

翌朝、温泉宿の前の山には、霧が立ち込め、ゆっくりと流れていた。十時前に宿を出て、常磐高速道路でいわきへ向かった。総走行距離六百六十キロの旅だった。東京から名古屋までの、片道三百キロを超える。子供たちの協力なくして、今回の旅は実現しなかった。私も百二歳にもなってよく出かけたものだ。車と車椅子と運転手がいれば何とかなるようだが、さすが佐渡への旅は海を渡ってゆくのだから、残念だが無理であろう。

旅は長い人生に似て、いろいろな顔を見せる。いぶし銀に光る線路の遥か彼方には、終着駅が霞んで見える。

第二章

クリスマス

讃美歌の、
　きよし　この夜　星はひかり　すくいのみ子は……
少し寂しい気がします。
私は元気が出るクリスマスソングが、好きです。
ジングルベルが良いですね。

ジングルベル　ジングルベル　すずがなる　すずのリズムに　ひかりのわがまう……

一方、若い方は、山下達郎などの洒落たクリスマスソングが似合うのでしょうか?
雨は夜更け過ぎに　雪へと変わるだろう　サイレントナイト　ホーリーナイト
きっと君は来ない　ひとりきりの　クリスマスイブ……

日本では、戦前は勿論クリスマスなんてありませんでした。

私の結婚式は、一九四一年十二月二十四日の、今で言うクリスマスイブでした。当時の日本人が知らなかったように、私もこの日がイブだなんて全く知りませんでした。東京・目黒の雅叙園で、複雑な気持ちで、厳かに結婚式を挙げました。その時は、私のその後の人生が波乱万丈になるとは知る由もありませんでした。

私は三人の子供を生み育てました。夫は大企業の幹部でしたので、子供たちが幼かった頃は、平穏で人並み以上の生活を過ごしていました。クリスマスの夜は、子供たちの枕元にそれぞれクリスマスプレゼントをそっと置いておきました。子供たちが朝起きると、サンタさんからの贈り物だと、娘は特にはしゃいで喜んでいました。

その後、子供たちも大きくなると、サンタの存在もいないことが分かり、親からのプレゼントに期待をするようになりました。今では子供たちに何をプレゼントしたかさえ忘れてしまいました。覚えているのは、クリスマスケーキを毎年、近くの洋菓子店で買い求めていました。私はケーキに細いローソクを立て、揺れる炎の中、ナイフで等分に切り皿に取り分け、笑顔の家族と一緒に甘いケーキを頂きました。肉屋で味付きの鳥のモモ肉を買い、みんなで食したものです。娘と弟は、異空間の大きな樅の木に飾られたイルミネーションを見上げて目を輝かせていました。クリスチャンでもない子供たちですが、この時期は、ステンドグラスの薄明りの中で、讃美歌をオルガンに合わせて歌っていました。神に守られてひと時の安らぎを感じていた教会でした。

子供たちが高学年になるにつれ、それと比例するかのように、夫の酒に乱れた生活が始まります。夫は独立した事業の失敗から、何と酒にその矛先を向け、逃避した負の二十年の長きにわたる闘争の日々でした。夫は、最高学府（明治大学・中央大学）を出たエリートでしたが、優秀な男とは思えない言動に泣かされました。当時は子供たちのために、離婚は選択肢の中には全くありませんでした。今の若い人では、きっと耐えられず、考えられないことでしょう。

酒で荒廃した家庭生活には、クリスマスどころではありません。

まさにクルシミマスです。酒屋が長い庭伝いに玄関までビールケースを届ける音にも、嫌悪感と恐怖感を同時に抱いていたものでした。

子供たちは、そんな中でも外で友人たちと、それなりのクリスマスの楽しみ方をして過ごしていたようです。我が家の中では、怒号が飛び交い、苦い思い出の涙に濡れたクリスマスが続いていました。

耐えられずに、娘と庭に飛び出すと、静かな小雪が深々と降り積もっていました。庭の木々には、うっすらと雪が冷たく積もり、銀世界が広がっていました。近隣の部屋の灯りが何故か暖かく感じられ、涙で雪が滲んでいました。哀しいホワイトクリスマスの夜。

年賀状

元旦に、郵便受けに束ねられた年賀状が届くのを毎年楽しみにしている。年賀状を見て読んで、また新しい年のはじまりだと思う。心新たに、再出発して目標に向かって新鮮な気持ちになるのも事実である。

夫が生存中は、年賀状の届く枚数は家族の中では圧倒的に夫が多く、毎年百五十枚ほどあった。主に取引先や親戚・友人たちからの賀状である。次いで私の七十枚前後で、子供たちと続く。夫が現役時代は、この序列は変わることがなかった。夫の没後は、次第に子供たちの枚数が増えていった。

年賀状にもいろいろの顔がある。両面印刷は、僭越ではあるが、無味乾燥とは言わないが少し味気ない。頂いているのに言えた義理ではないが、そう思う時がある。裏面にはカラーで謹賀新年、迎春、あけましておめでとうございます、と年賀を祝う文字や言葉が並ぶ。印刷物でも、お元気ですか？　と一筆添え書きされているものには、どこか暖かさを感じる。また版画を刷った力作や絵手紙、家族の近況の写真を撮影して印刷したもの。両面手書きで、達筆な筆書きのものまで千差万別である。どれがうれしいかと言えば、勿論皆有難いが、やはり、心の籠った賀状には敵わない。上手い下手とは関係なく、人柄や、人間味が漂っている賀状にはふと目が止まり、その人の面影が立ち現われ、懐かしさを覚える。そんな想いもあるのだが、私は数年前から、賀状はほとんど書いていない。ご無礼をお許し願いたい。賀状を頂いた方には、大変失礼なことをしていると深く反省はしているのだが、この年齢百歳になると、賀状を書く作業が正直しんどい。息子と共有する知人、友人には息子の賀状に名前を添えることでご容赦頂きたいと思っている。

息子も、今年からは厳選して三十枚以内に収めるぞと意気込んでいたが、年末までには結局百三十枚ほど書いていたようだ。

年賀状の楽しみは、ご無沙汰していた人からの便りというのももちろんあるが、お年玉の抽選も楽しみの一つであろう。さすがに私は、当選番号を調べる意欲もない。どうせ当たりはしない年賀状を、息子は一枚一枚丁寧に確認している。我が家の当選番号は、ほとんどが記念切手かレターセットだ。息子は一字違いの当選番号が数枚あると悔しがっている。くじ運は、昔から良くはない。さて、こちらから出した年賀状は当選しているのだろうか？　高額商品でも当選していれば、相手から連絡があるかもしれないが、いまだそんな連絡はない。当選してもいちいち連絡は、多分しないだろう。余計なことは考えない方が良い。疲れるだけだ。

最近は、年賀状を出さない若者が増えているという。電話やメールで済ませているという。これも時代の趨勢なのだろう。日本郵便も困った現象だと思っているだろうが、企業などは、取引先の会社関係に律義に年賀状を出している。こうした企業の下支えなどがある限り、今後も決して年賀状がなくなることはないだろう。

年の初めに、賀状を読みながらそんなことを考えていた。

平成三十年正月

『樹詩林』

この本は、娘田中佐知が平成十六年二月四日、五十九歳で亡くなる前に書き留めておいた詩群を、遺稿集として平成十八年思潮社より刊行されたものだ。

生前娘は、詩を書くということは「自分自身の深みに向かって、自分の生を掘り込むことである」と語っていた。

この詩集には、短い言葉に潜む、人生の深みを見極める力が感じられる。

そのエネルギーの原点となっているものは、感受性の強い少女期から思春期にかけ稀有な才能を、ことごとく大人たちの世界で打ち砕かされたこと。また、小学校高学年より、二十年に亘る父親の非情な酒乱生活への葛藤。

恋した男への見つめ続けた熱い愛、苦悩と挫折の連鎖。逆境から生まれた強靱で鋭角的な感性は、諦観ではなく、やがて自らの全てを飲みこんだ寛容さへと移行してゆく。

その過程にみる娘の詩には、日常の抒情的風景の中に、ふと顔を見せる孤独、万物を愛する慈悲の心、心に余裕を持つことの大切さが見て取れる。娘独特の詩世界。それは天性とも思われる。

一粒の砂に心を託した一つの詩を紹介しよう。

砂よ
ひとつのエネルギーとなれ
みずからを回転せよ
大胆に
繊細に
花びらのふちに身をかくせ
町のつむじ風を吹き起こせ
砂よ
砂の意思よりなお越えて
さらに大きな慈悲となれ
さらにやさしい涙となれ
吹き進め
火をあげろ
みずからの悲しみを越えて

短い人生における自分の命を彫り込んで書いた、詩人としての息づかいが伝わってくる。娘は、生前自分の詩を若い世代に読んでもらいたいと私に語っていた。少しでも、娘田中佐知の意思を叶えてあげたい。

祝状

平成二十八年、東北地方に台風十号が上陸し、甚大な被害が出た翌日の九月一日、東京は朝から快晴で青空が広がっていました。

この日は、百歳を迎える私に、中野区長田中大輔さんが、都営住宅の我が家に訪問することになっておりました。

新百歳になる方は区内に七十六名、百一歳以上は何と百二十四名いるそうです。この数字からも分かるように、日本は高齢化社会が確実に進んでいることが分かります。私もその一人です。

午後二時二十五分頃、笑顔の区長さんと健康福祉部長の瀬田敏幸さん、そして担当の柳沼さんがお見えになりました。また白鷺の自治会会長・関根さんと民生委員の鷲沢さんも同行されました。狭いダイニングルームに置かれた木のテーブルの周辺は、たちまち大勢の人で賑わいました。全員が座れず、自治会の人には、申し訳なかったのですが、立っていただくことになりました。テレビカメラも入れたいと事前に言われていましたが、部屋が狭いため、お断りいたしました。区長の前に私と次男が座り、区長は起立して挨拶をされ、祝い状を広げて読み上げ、私は受け取りました。感謝致しております。

祝状

田中　シヅ　様
大正六年一月二十日生
あなたはめでたく百歳の長寿になられました。永年社会に
貢献されたことに対し深甚なる敬意を表するとともに
これからも健康で楽しい日々を過ごされますようお祈り申し上げます。
平成二十八年九月吉日
中野区長　田中　大輔

私は、こうして手書きの祝状を頂くのは初めてであり、少し緊張した面持でした。足を骨折していますので、失礼ながら座ったまま受け取りました。また「祝い長寿　中野区」として熨斗袋が贈られ、中野区商店街振興組合連合会・中野区商店街連合会の連名で区内共通の商品券（なかのハート商品券）が、金五百円也で、一万円分贈呈されました。引き続き、大きな黄色いバラの花や小さな可憐な薄ピンクのカーネーションがいっぱいにゴッドセフィアナとドラセナの観葉植物にバランスよくアレンジされ、赤い大きなリボンで束ねられた花束が区長から私に手渡されました。私はこのようなお祝いを受け、思わず目頭が熱くなり、両手で顔を覆ってしまいました。中野区の方から、手厚いおもてなしを受け感動し

てしまいました。百歳を迎える慶びを痛感致しました。また区長から、以前私の全集三巻を区長へ贈らせて頂いたことがあり、そのお礼を今日述べられました。私も中野区には、東日本大震災で自主避難しており、大変お世話になっております。私のできることとして、図書館の「鷺宮文庫」に私の著書と家族の著書を寄贈させて頂いております。微力ながら区民の皆様にお役に立てれば、とても幸せでございます。区長からも「先生の今後益々のご活躍とご健勝をお祈り申し上げます。いつまでもお元気でご活躍下さいませ」というお言葉を頂きました。こうして皆様から暖かい祝福を受け、生きていてよかったという実感を強めたところでございます。また今月の敬老の日には、国と東京都、自治会などから祝い状や記念品などを贈呈されると聞いております。手厚いご好意に感謝申し上げる次第です。十五分ほどの訪問ではありましたが、とても充実した内容で嬉しく存じます。区長たちは、次の訪問宅にお出かけされます。皆様方には次男と共に御礼を申し上げました。

私は、人生長いようでとても短く感じます。自分自身、百歳とは想像がつきません。決してぼけて言っているわけではございません。自分の中では、まだ八十歳ぐらいの感じでおります。

確かに足腰は弱り、肉体的には年齢相応の身体ではございますが、精神的にはまだまだ年齢を感じてはいません。しかし、最近物忘れが顕著となり、自分自身もあきれることがありますが、何もすべてを覚えておく必要性もないような気がします。記憶に留めたくないニュースや無駄な事柄、不必要なことは沢山あります。必要なことだけ記憶する。これが理想です。

情報過多な世の中では、自分で選択の精査をする必要性があります。その選択が問題であります。そう強がりを言うものの、肝心なことは、選択力と記憶力です。そこで効力を発揮するのが、ノートによるメモ書きです。ノートを付ければ必要な出来事を記録することが出来、また確認も出来ます。ただ、時間差で、重複して同じ記述をしている自分に気が付くときがあります。そんな時は、やはり年なのだわと少し悲しくなります。次男はそんな様子を見て、気にすることはないよ。分からないときは、何度でも尋ねればよいのだからね。ストレスを感じることはない。と勇気づけてくれます。良い息子です。しかし、息子でも記憶が不確かでおぼつかない時があります。手帖の記録を確認しないと、正確な記憶が蘇らないと言います。息子には失礼ですが、程度の差はあれ、私と五十歩百歩かなと安心もします。息子は豪快に笑い飛ばしています。何はともあれ、こうして百歳のお祝いを受けることは大変ありがたいことだと心より感謝致しております。亡き娘や亡くなった両親、弟妹や夫のためにも、命ある限り一所懸命に生き続けようと思っています。お陰様で大きな病気も経験しておりませんが、大きな怪我は何度も経験しています。これから何年生き続けられるか分かりませんが、健康には充分留意しながら、今を生きようと思っております。

家族や医療スタッフなどのご支援を頂きながら、厚く感謝致しております。

平成二十八年九月吉日

付記

九月十五日「敬老の日」に内閣総理大臣安倍晋三さんより、Ｂ４サイズの大きな表彰状が贈られてきた。

東京都
田中　シヅ殿
大正六年一月二十日生
あなたが百歳のご長寿を達成されたことは誠に慶賀にたえません。
ご長寿をことほぐこの日に当たりここに記念品を贈りこれを祝します。

平成二十八年九月十五日
内閣総理大臣　安倍晋三

記念品として、寿の銀杯が贈られた。
同時に、東京都から同梱包で東京都の工芸品のガラスの花瓶が送られてきた。東京都知事が舛添要一さんから小池百合子さんに交代したことにより、名前の書き換えが間に合わず、後日、表彰状が贈られてくるということだ。百歳を迎える人は東京都でどれくらいの人数がいるのであろうか？　人に聞くと百歳以上は、全国で六万七千人いるそうだ。八十七パーセントが女性。男性は社会生活や、会社等の対人関係で、精神・肉体両面で精神を擦切らして働いているせいだろうか？　否、女性でも男性同様に真摯に一所懸命に働いている方も多い。女性は精神面でも肉体面でも男性より構造的に強いことが、この数字から立証された。私は馬車馬のように働き続けてきた。両足大腿骨骨折の怪我をしてからも、曲がりなりにも、歩けるうちは部屋の整理・整頓に務め、料理も手掛けてきた。だが、最近は年のせいか息子に依存することが多い。息子も仕事があり、私の思うような整理ができないのが悩みの種である。ヘルパーさんに一時入って頂いたことがあるが、息子は自分の書類の整理は自分で行なわないとわからないので、断った経緯がある。結果、机の上などは書類の山だ。私が見かねて整理すると書類の置き場がわからなくなり、ひと騒動になる。息子から叱られる。幾たびと口論するが、息子に押し切られ沈黙。息子も、私の世話から料理、洗濯、買い物、自分の創作活動と、一人で何倍ものことをこなしているので無理はない。少しくらいの整理の不行き届きは大目に見ることにしている。息子も自分自身でもわかっているようだが、生活の許容量がいっぱいの様だ。来年三月にはいわきへ帰る。

　今から徐々に不用品を片付けるという。身体が不自由な私は、もどかしさを感じつつも期待したい。期待するしかない。息子は時々時間があると、整理をすることがある。見違えるほど部屋が小奇麗になる。そんなとき「お母さんの子供だから、やるときは徹底してやるんだよ。安心してよ」と言ってくれるが、しばらくすると、また元の木阿弥である。来客がある時は、半日かけて朝からほうきにバケツ、雑巾がけと、みるみる片付いてゆく。息子は「お母さんの手際よさには負けますよ。何しろ身体が悪くても、僕の二倍は速く片づけるから、掃除とレイアウトの達人だ」と褒めまくる。

多分、引っ越し間近になれば、息子も仕事そっちのけで孤軍奮闘して頑張るであろう。百歳を迎えて、息子には悪いがそんなストレスもある。ただ、私に限りなく良く尽くしてくれる息子にはいつも感謝し、言葉に出している。「そんなこと当たり前のことだよ。普通さ」とさりげなく言う。私の所にこの次男が生まれてきてよかったと本当に思っている。ありがたいことだ。

東京都知事祝状
田中シヅ様
百歳おめでとうございます
敬老の日にあたり都民を代表し
心からお祝いいたします
お体を大切にされ末永くご多幸
でありますようお祈り申し上げます

平成二十八年九月十九日
東京都知事　小池百合子

化粧

化粧など本格的にしたことが最近ない。別に女を捨てたわけではない。それだけ外出する機会や、人に会うことが少なくなっていることだろう。せめて女のたしなみとして化粧くらいはすべきなのだろう。朝起きて、顔を洗顔クリームで洗ったままの時もある。大体はスッピンだ。気が向けば、化粧水や乳液、唇に紅を塗る。何とも素っ気ない。しかし、人からは、不思議と年の割に皺がないと言われる。「どんな化粧品をお使いなのですか?」と聞かれることはよくある。そんな時、返答に困ってしまう。

化粧は元来嫌いである。何故なら自分の鏡に写し出された年老いた醜い顔を見ることが嫌なのだ。従って、化粧をする時は、若いころからなるべく鏡を見ないで化粧をしている。唇に紅をさす時も同様である。生前、娘から「お母さん鏡を見ないでよくお化粧ができるわねぇ」と呆れかえられていた。また、母親からも、「自分の顔に不満など持つもんじゃないわよ。綺麗に産んであげたのに、文句を言うなんて。感謝しなさい!」と叱られたことを思い出した。

美容院に行ってもしかりだ。大きく映し出された自分の顔を見るのが嫌いだ。頭の毛は伸び放題。まとまりがつかない。年の割には毛髪が早く伸びるのだ。頭髪の少ない人にお分けしたいぐらいだ。年を重ねても、髪の毛の成長は止まらない。爪は死んでも伸びると聞くが、毛髪はどうなんだろうか？　そんなことを考えることは蛇足だ。

二カ月もすると「お母さんそろそろ美容院だね」と息子に促される。車椅子を使って美容院に出かける。

鏡に写し出された己の姿を見るのが恐ろしい。髪の毛は真っ白！　年からすれば当然であろう。美容師に「髪を染めていただけませんか？」と尋ねる。「染めない方がよろしいですよ。とても自然な感じです。染めたらかえってこの自然な白髪が損なわれ、不自然になってしまいますよ」と言われる。美容院としては、染めれば料金も加算されるのに不思議なことを言うものだと思っていたが、どこの美容院でもオウム返しのように同じことを言われるので、そうなんだろうと染めることを断念してきた。

女性はより美しく輝いていたい。女の永遠のテーマである。そのためには、女子中学生からお年寄りまで、化粧にとても熱心である。

若い娘さんたちが、寸暇を惜しんで、電車やバスの中で人前も気にせずに化粧をしている姿を見かけたことがある。ＯＬは出勤前に自宅で化粧をする時間がなかったようで、小さな化粧袋を膝に乗せ、本格的に始めたのには驚かされた。化粧するにもＴＰＯを考えないといけないと思う。常識が薄れてきた時代を嘆かわしく思う。

女が鏡に向かい化粧をしている時は、みな瞬きもせずに真剣な表情をしている。人生にこのような姿勢で取り組めば違った人生を送る女性たちも多いのではないかと、余計なことを考える時がある。

化粧とは、広辞苑によれば幾つかの解説の中で「美しく飾ること。外観だけをよそおい飾ること」とある。化粧をすると、見違えるほど変身して美しくなる女性がいる。多くの女性は、スッピンの自分の顔を他人に見せたがらない。化粧をされて美しくなることには、誰も反対する者はいないだろう。美しいことは良いことだ。だが、自分のことを棚に上げて言うのも烏滸がましいが、外観だけでなく、内面も磨いて欲しいものだ。どんなに美しく装っても、常識やマナーが希薄だと人間性まで疑われてしまう。

私のような化粧嫌いの女性は多くはないと思うが、化粧のメリットは大きいと思う。テレビでは連日化粧品メーカーのＣＭが流される。デパートの一階の化粧品売り場は、一等地に多くの内外のメーカーが立ち並び、華やかな商戦を繰り展げている。美しい女性販売員を見ると、自分も彼女たちのように、美しくなれるという錯覚に陥るのかもしれない。魔法の化粧品。化粧が出来るということは、平和であることの象徴でもある。戦争や内戦などがあれば、化粧をしている場合ではない。自分の家族の命を守ることが第一となるからだ。

アフリカの未開発地の裸族の女性たちが、顔に化粧をしている姿をテレビで見たことがある。また、台湾に行った時には、タロット族の身分の高い老人が顔に入れ墨をしている姿に遭遇して驚かされた。現在は台湾でのそういう習慣は無くなったようだ。

化粧は、世界各地の女性たちにより行われ、男性たちの眼を楽しませ、また自分自身の美しさへの創造に貢献しているのだろう。

平成三十年三月

いわきアラカルト

いわき市には、今年三月七日に自主避難先の東京から、六年目に息子と一緒に戻ってきました。かつては、日本一広い面積を誇っていましたいわき市には、数多くの名所旧跡があります。

私の住んでいる湘南台は、小名浜港に近く、時々海を見たくなると息子の車に乗り、出かけます。浜通りは、海岸線がどこまでも北上しておりますので、海はどこにでもあります。小名浜港は比較的家に近いために便利なので出かけるのです。日常を離れ、港に停泊している漁船群や釣り人たちを見るのも楽しいものです。港に飛び交うかもめや海猫たちを見て、港町にいる実感を味わいます。国際貿易港ですので、外国の貨物船も見かけます。街中で、船から降りた乗船員が自転車に乗っている姿や、集団で歩いている姿を見ることがあります。ロシア人やアジア系の肌の黒い方たちもいます。ホームセンターでの買い物や飲食店を利用しているようです。小名浜にはソープなどの歓楽街もあります。船乗りが港に寄港した時に、長い海上での生活を癒すために酒や女を求めるのでしょうか？

観光の遊覧船も就航しています。娘が生きていた十数年前に、小名浜港から遊覧船に乗り、午後の湾内をクルージングして楽しみました。新型の遊覧船は快適でした。当時も船は「ふぇにっくす」でしたでしょうか？　乗客は、新婚の若い夫婦と私たち親子三人だけでした。まるで貸し切りです。これでは、千八百円の乗船賃では赤字だろうなと、乗船していても悪い気がしました。オリジナルイベントとして、船上結婚式や初日の出クルーズ、花火大会、納涼クルーズ、クリスマス、忘・新年会クルーズなどがあるようです。

「いわきアクアマリンふくしま」が海に隣接してあります。パンフレットには、海を通して人と未来を考える。黒潮と親潮が出合う「潮目の海」がテーマだそうです。以前、孫二人を連れて水族館を訪れたことがあります。水族館の敷地内で、孫たちは釣り体験もしましたが、竿の糸を垂らすと、あまりにも早く魚が釣れてしまい、面白くないと上の孫は言っていましたが、下の孫は結構喜んでいました。

息子の話によりますと、館長の阿部義孝氏は人のやらない水族館造りを心掛けていると言います。世界で初めて「さんま」を水族館で飼育することに成功しました。二〇一八年十一月五日から十日まで「第10回世界水族館会議」（ホスト館アクアマリンふくしま）が、内外五百名を超える水族館関係者が集まり開催される予定だそうです。館長によりますと、東京、福島、新潟とも連携を図り、観光文化振興にも寄与したいと言います。ご成功をお祈りします。ユニークな館長です。水族館で確か「縄文雑魚の会」があるようです。いわきの文化人たちが集まる会に会員の次男が出席したそうです。水族館の前で、魚の泳ぐ姿を見ながら、夜の食事とお酒を飲み、参加者と親睦を深めたようです。テレビ局の支社長や医者、大学教授、地元企業の経営者などが集まり、自己紹介を兼ね情報交換をしたと言っていました。今年四月二十三日、大國魂神社での息子の「歌碑」除幕式にも館長はご臨席頂きました。人との邂逅は有難いと思っています。

いわき・ら・ら・ミュウは、飲食店と魚売り場があり、新鮮な魚を観光客に販売しています。二階には「ライブいわきミュウじあむ」があります。各種イベントが開催されています。現在は、「忘れたいこと・忘れられないこと・忘れてはいけないこと。あの時、何が起き今、何ができるのかを考える。２０１１・３・11いわきの東日本大震災展」が開催されています。いわきの今笑顔、いわきの震災、復興に向けて、明日へ、映像・防災コーナー、いわきの支援と記憶などのコーナーがあります。いわき市内の各小学校の生徒たちから、壁いっぱいに貼られた力強いメッセージが沢山寄せられていました。紙面の都合上一点しか紹介できませんが、ある小学生からの次の一文が眼に留まりました。「笑顔はいわきの底力　Ｉ♡ＩＷＡＫＩ　いわきっこは負けない！　くじけない！　笑顔と絆でもとのいわきを取り戻すぞ！」「がんばっぺ・いわきっ子」小学生の震災に負けないストレートな心情と頼もしさが感じ取れます。これからの時代を担う子供たちから、震災後の真摯に向き合う力強い言葉の数々に感動を覚え、勇気づけられました。震災の映像や写真も生々しいのですが、私は、避難所の再現として体育館に仕切りの段ボールが置かれ、衣服など日常品が置かれているのを見て、切実さが生々しく伝わってきて、胸が痛くなりました。二度とこんな残酷な震災は起きて欲しくないと思いました。

海を見ると、どうしても佐渡の海を思い出してしまいます。佐渡は日本海、いわきは太平洋と違いはありますが、海には変わりがございません。青春時代を過ごした相川の家は、裏が海という環境で、海鳴りの音を聞きながら暮らしていました。四季折々、海の表情には変化があります。真っ赤に燃える大きな夏の夕陽が地平線に沈んでゆく、雄大な姿に感動を覚えたものです。また吹雪が舞う冬の荒れた日本海。きびしい自然を肌で感じ生活していました。

東日本大震災を経験した私は、大型の津波でも来たら相川のわが家はひとたまりもないだろうと思うと、恐ろしくなりました。

「小名浜・三崎公園」は、総面積七十万平方メートルの広大な公園です。公園には「いわきマリンタワー」があります。海抜百六メートルの展望室からは、いわきの青い海や緑の山々などが一望できます。広大な公園には、いろいろな施設があります。野外音楽堂をはじめ芝生広場も併設。野外音楽堂は、音楽会の他に労働組合のメーデーの祭典にも使用され、息子は若い頃会社の組合員たちと出かけたことがあるそうです。芝生広場はいつも家族連れなどで賑わっています。潮見台からの展望は圧巻です。海に突き出た展望台は一見の価値がございます。高所恐怖症の次男は、眼下の荒海を見るのが苦手のようです。海岸線に打ち寄せる白波と、岩肌に植えられている松などの常緑樹木が調和され、日本の海岸風景美の素晴らしさを感じます。孫たちは、全長七十四・八メートルの巨大なローラー滑り台が気に入ったようで、何度も繰り返し挑戦していました。そんなあどけない孫の姿を見るのが楽しくて仕方ありません。海と緑の自然に囲まれた三崎公園は、大変贅沢な公園であります。

また、美空ひばりの「みだれ髪」で知られる塩屋岬にも時々出かけます。小高い山の上にある白い灯台の下には、美空ひばりの碑があります。晩年のひばりの写真と思われるものが碑に飾られ、人が碑の前に立つとセンサーが稼働して「みだれ髪」の歌が流れてきます。潮風に吹かれながら聴く歌も情緒があるものです。いつも観光客たちで賑わっています。息子は十年ほど前に塩屋岬の油絵を描き、初めて知人に売ったそうです。

いわきにいても、ハワイを体験できます。そこは「スパリゾートハワイアンズ」です。全国的に映画「フラガール」で有名になった総合的レジャー施設です。宿泊、温泉、レストラン、流れるプール、フラダンス、ポリネシアンショー、国内でここだけの迫力あるファイヤーナイフダンスショーなど盛り沢山です。世界最大の露天風呂もあり、男湯は千人露天風呂と言われているようです。息子の勤めていた会社はこの施設と契約していて、彼は割引料金で入場できて、仕事帰りによく利用していました。露天風呂の湯煙につかりながら三味線を聞き、和服姿の女性の踊り手が影芝居を演じるのを眺める。おつな江戸情緒をたっぷりと味わって、仕事の疲れを癒したそうです。

私も娘も、息子に連れられてこの施設を何度か訪ねたことがあります。フラダンスはハワイで見た本場のダンサーにも匹敵するほどのダンスです。常磐炭鉱の閉鎖に伴い、従業員の娘さんたちを中心に、フラダンスチームが結成されたと聞いています。

湯本温泉は、日本三古泉と言われ歴史のある温泉です。湯本温泉が発見されたのは四世紀です。湯本温泉にも宿泊したことがあります。老舗の松柏館。この旅館は昭和天皇が宿泊されたことでも知られる由緒ある旅館です。

東京に在住していた時に、いわき訪問の折、大企業の幹部たちと一緒に宿泊させて頂きました。歴史の重みと風格を感じました。また、いわき出身の講談師・神田香織の講談を別の旅館の大広間で聞いたことがあります。息子のいわき転勤で公共の湯である温泉にもでかけました。二十年も前のことでしょうか？　いわき市の経営する温泉です。当時入湯料は六十円ぐらいだったと思います。それがやがて百五十円となり今は「さはこの湯」で二百三十円ぐらいでしょうか。ここは源泉の湯を使用していますので、泉質は申し分ございません。風呂上がりに子供たちと近くのすし屋に入り、冷たいビールとめひかりの空揚げや握り寿司を食べて帰った日が懐かしく思い出されます。

美術、文学、芸術施設も充実しています。いわき市立いわき美術館は、各種企画展を開催しております。今年も五月に息子は「レオナール・フジタとモデルたち—素晴らしき乳白色の肌—」を鑑賞に行ってきました。東京に行かなくてもこのような素晴らしい展覧会が鑑賞できることは幸せです。

ギャラリーも各地に点在しています。息子は何度となく個展や朗読会を、いわきの各ギャラリーで開催してきました。私も時々足を運びました。いわきに戻り、機会を見て今後個展など開催したいと考えているようです。

劇場も十数億円かけたアリオスという立派な施設があります。音楽会、講演会、演劇などに幅広く活用されています。いわき駅前には図書館が併設された、ラトブというホールがあります。娘の朗読コンサートもこのホールで開催されました。

いわき市立草野心平記念文学館が、いわきの郊外にある心平の故郷小川町にあります。詩人草野心平の常設展示室があり、心平の生涯と作品を紹介しています。草野心平とは、生前に天山文庫で娘と一緒にお会いさせて頂いたことがあります。私の著書『信濃川』を贈呈させて頂きました。娘は草野の経営する新宿のバーに詩人仲間と通っていました。

心平の記念文学館の図書館には、娘の詩集、随筆集、全集の他、すべての刊行物と私と次男の著書を寄贈しています。ロケーションの良い立地に建てられた立派な文学館です。かつてこの文学館で、娘の詩「孤独」を、荒川誠氏により現代音楽に作曲して頂き、ピアノ演奏で朗読していただいたことがあります。また韓国の女子高校生に娘の絵本を韓国語で朗読していただきました。私にとりまして思い出深い文学館でもあります。

勿来には、勿来関があります。奥州三関の一つと言われ、他の関は、福島県の白河の関と山形県鶴岡市の念珠ヶ関です。勿来の関公園内には、詩歌の小径があります。松尾芭蕉の句碑、小野小町の歌碑、斎藤茂吉の歌碑、和泉式部の歌碑などが建立されています。また、いわき市勿来関文学歴史館があります。企画展があり、さまざまな視点から文学、歴史を紹介しています。

歴史館のギャラリーもあり、今秋、次男の佑季明が書、油絵、水彩などと、他の作家作品を含めて（八十点あまり）「田中佑季明を取り巻く世界展」を開催する予定です。

「いわき市暮らしの伝承郷」が中央台にあります。古民家が五棟、林の中にあります。常設展示室には私たちの生活に関する資料を展示しています。この施設で「親子三人展」を予定しています。

大型ホテルとしては、ゴルフ場を完備した小名浜オーシャンホテルがあります。このホテルは、お客様を接待するのに時々使用いたします。太平洋の雄大な海原を眼下に眺めて食事をすることがあります。ホテルの窓から海に浮かぶ照島が津波で大きく削られたのが見え、昔の姿を知る者にとっては痛々しい限り、自然の力の恐怖を痛感いたします。娘の生きていた時には、ゆっくりホテルの部屋で海を見つめ、明日の未来を語ったものです。

いわきには、その他花火大会やいわき踊り、じゃんがら踊りなど沢山の催しがございます。

勿論その全てを紹介することはできませんが、大変素敵なところです。気候も温暖で、東北の湘南と言われています。

あの原発事故さえなければ、私も安全、安心で平和なのびのびとした余生を暮らせたでありましょう。避難生活を終え、やっと少し落ち着いて、今こうして再びいわきに戻りました。息子とこの地で生ある限り真っ直ぐ前を向いて生きてゆきます。

平成二十九年六月二十日

ふと立ち止まって　振り返る我が人生

磐城の地　幾年生きる　この命
　山河眺めて　荒海に立つ

昨年、福島県いわき市の小名浜港に近い太平洋の海岸に立って詠んだ短歌である。白い入道雲がもくもくと小名浜港に広がる夏の午後、海と山と河の雄大なロケーションの中で、ふと我に返り生まれた作品である。

大自然は人の心とは違い、いにしえより懐が深く、大きく、とてつもなく広い。そしてその姿は凛として揺るがない。大自然に対峙した時、人間のあまりにもちっぽけな己の存在に愕然としてしまう。

私は、曲がりなりにも筆を執ることを生業にしてきたわけであるが、大自然の前に立たされた時、果たしてどれほどの力量で大自然を語れたのかと問うと、はなはだ心もとない。大自然に圧殺され、気が遠くなりそうだ。

ある年、角川書店よりアンケート依頼があった。

「あなたにとって言葉とは」というテーマだった。私は次のような言葉が思い浮かんだ。

言葉とは　私の分身であり　世に歩き出す言魂でもある。

妙に言い当てているような気がする。

私は今年一月二十日、百六歳を迎えようとしている。我が人生を改めて振り返ると、次のような短歌に突き当たる。

振り返る　我が人生は　何ぞやと　波乱に満ちて　悔いはないぞよ

夫・田中一朗との二十年にも及ぶ、長きにわたる闘争の酒乱生活に、親子で耐え忍んできた。人に言えぬ苦労は多々あったが、その立ち開《はだ》かる厚い壁を幾つも乗り越えてきた自負心、達成感と充実感は計り知れぬものがある。この連綿と横たわる刹那の連続性と真剣さに、命を掛けてきた人生とも言える。我が人生は、いつも真剣勝負の連続だ。性格的に手抜きが出来ない人生である。真っ正直者で、悪に立ち向かい、正義を貫き勝利する。波乱万丈の不条理な人生であったが、自分の生き方には、プライドを持っている。一言で言うのは容易であるが、プロセスを踏んで、結果を導きだすことは容易なことではない。

心に響く言葉

いつまで経っても色褪せずに、自分の心の中に残って響く言葉というものは、あるものです。

佐渡の女学校時代、父増川兵八は、佐渡支庁の首席属を就任していました。父親の動向は、毎日のように佐渡の地元新聞に大きく掲載され、報道されていました。我が家で、新聞を真っ先に読むのは私でした。紙面を飾る父の写真や記事を、毎日当然のように読んでいました。私は、当時掲載された父の記事の価値も分からずに、新聞に目を通していたのでした。

ある朝、父は「お前もお父さんのように新聞に掲載されるような人になりなさい」と一言だけ、娘の私に語ったことがありました。その時は、私は何の感慨もなく、父の言葉をサラリと聞き流していました。その後、父は在職中に五十四歳という若さで脳溢血のため一晩のうちに亡くなりました。私が佐渡鉱山に勤務していた二十歳の時でした。

その後、結婚のため上京。夫・田中一朗は、明治大学の商学部を特待生で卒業。授業料免除。後に中央大学法学部を卒業。大手企業の工場長まで昇り詰めました。頂点を極めた夫は、有頂天になり、芳町の芸者衆を正月歌舞伎に招待したりしていました。家族も同伴しましたが、私はひとかけらの嫉妬心も湧かずにいました。意に反する結婚だったからでしょう。小学生の低学年だった娘の保子（佐知）は、芸者から贈られた奇麗な反物をしっかり抱きしめ、休憩時間にはひとり場内で、素直にはしゃいでいました。その後、夫は独立し、会社を設立。後楽園に賑々しく事務所を設けましたが、事業は杜撰な経営で悉く失敗。事務所も売却して、新宿の瀟洒な自宅を事務所として使用することにしました。しかし、思うように事業が進展しなかったため、新宿の百坪の家の一部を、他人に貸し出しました。借主の悪徳弁護士一家は、四年間家賃未払いのため、私は簡易裁判所に駆け込み裁判闘争を起こしました。当然のことながら、勝訴しました。そればかりか、弁護士資格を剝奪させました。夫は事業の失敗とストレスを、あろうことか、酒に逃避しました。それからが悲劇の幕開けです。いつの間にかアルコール中毒に侵されました。犠牲になったのは、もちろん私と子供たちです。地獄絵さながらの家庭生活でした。子供たちの青春は、どこへ行ってしまったのでしょうか？

そうした劣悪な家庭環境の中でも、三人の子供たちには大学まで卒業させました。

娘の保子（佐知）は、明治大学文学部英文科を卒業後、アナウンサー志望で放送局を受験しましたが、養成学校や生徒たちの予想に反して不合格でした。その後、三菱商事㈱に入社しました。だが、家に帰れば、夫の酒乱生活が待ち受けていました。当時、石油課のコンピューター立ち上げのため、連日の残業と、会社で対応できない仕事を家に持ち込んでいました。深夜タクシーで帰宅後、父親の修羅場の生活に遭遇して仕事が手につかず、断腸の思いで、商事の退職に追い込まれました。娘の旧いアルバムには、かつて本社屋上で期待に胸を膨らませていた百余名の新入女子社員の集合写真がありました。また、夏には課内で千葉の海水浴場に出掛けたようです。砂浜での女子社員たちとの楽しそうな水着姿の写真や、宿泊先の玄関前の集合写真には、娘は笑顔で写っています。思い出の写真として、娘の二階の部屋のアルバム棚に静かに収められています。商事退職後は、弁護士事務所でのアルバイトや在日外国大使館員への日本語教育、またその傍ら、詩や随筆の執筆に当たりました。そして、各地での朗読活動にも励んでいました。俳優座では、水を得た魚のように自作詩を朗読しました。

五十九歳十カ月の没後より、娘の残された原稿を私と佑季明とで精力的に刊行に結びつける作業を始めました。今では全集、詩集、写真詩集、随筆集、絵本詩集、遺稿集、現代詩文庫など十七冊を数えます。

娘の作品を、途切れることなく驚異的スピードで刊行し続けました。それは、娘が書き留めていた詩が沢山あったからにほかなりません。娘よ、よくぞここまで詩を書き続けていたものだと、改めて敬意を表します。決して身体が丈夫な方ではなかった華奢な娘が……と、情念ではなく、執念のようなものさえ感じられます。

詩の出版社の会長からは、かつて私に、「詩人の田中佐知さんは五十年にひとりの逸材です」と話して頂いた記憶があります。涙が自然と溢れ出るほど感激したものでした。この言葉を生きているうちに、娘の保子（佐知）に聞かせてあげたかったという無念さを、今でも思い出します。

私は夫の死後、遅筆ではありましたが、精力的に小説、随筆集、歌集、全集を纏め上げて、今年で十九冊を数えます。

お陰様で、刊行の度に新聞、週刊誌、雑誌、テレビ、ラジオ等に幾度となく報道して頂きました。佐渡時代父に言われた「お前もお父さんのように、新聞に掲載されるような人になりなさい」という言葉を思い出します。父の遺言ともとれるその言葉に、一歩近づけたかと思う昨今であります。父もきっと私の活躍を喜んでくれていると思います。

また、私は新宿に在住時、生家が小千谷の豪商である西脇順三郎先生の東京のご自宅を訪問させて頂いたことがあります。ご子息様が確かＮＹに転勤されているとかで、彼の奥様に車で、小田急線の最寄り駅と先生宅とを往復送迎して頂きました。大変恐縮致しました。

西脇順三郎先生は、英米文学者であり、詩人でもあります。思潮社の事務所で、彼の筆で勢いよく書かれた横書きの「思潮社」の大きな書を拝見したことがあります。西脇先生は、私の『遠い海鳴りの町』は、『佐渡金山』にタイトルを変更された方が、読者に本の内容が分かりやすく伝わるとご指摘いただきました。後の改訂版には『佐渡金山』（角川書店）と改名致しました。先生から、私の処女作の『信濃川』は「西脇家のことがよく書かれていますので、もう一冊寄贈頂けないか」と、仰られ、後日お贈りすることにいたしました。その時、先生から「あなたは将来きっと、名を残す人になるであろう」と言われたことが、心に浸みる言葉として今でも私の脳髄深くに刻み込まれています。

その後、西脇家が所有する（現在、小千谷市が大部分を所有・管理）小千谷市の船岡公園には、六トンの「田中志津・生誕の碑」が建立されています。小千谷市のホームページにも式典の様子が写真入りで報道されています。船岡公園には、子供の頃両親に連れられ桜見物に出かけたことがあります。思い出深い公園であります。眼下には蛇行した女人の帯を解いたような信濃川が流れ、遠方には八海山など越後三山が望める、大変ロケーションの良い公園です。西脇先生の碑も同公園に建立されています。私にとっては、身に余る光栄でございます。

文学碑と言えば、その他に「佐渡金山顕彰碑」として、佐渡金山に、私の文学碑が二トンの金鉱石と並んで建立されています。

また「母子文学碑」としては、いわき市の大國魂神社に建立されています。田中佐知の詩碑並びに、田中志津と田中佑季明の歌碑がそれぞれあります。皆様方の暖かいご協力があればこそと、感謝申し上げます。

まさに、日本海に浮かぶ佐渡島から、中越地方の小千谷、そして福島県いわき市の浜通りの太平洋に至るまでと、この三基の碑は、私と家族にとっては、光栄の極みでございます。

私はこうして長く生きてこられて、本当に幸せでございます。願わくば、佐渡金山の世界遺産登録の実現を是非脳裏に刻み込み、先人たちの霊にご報告させて頂くことができれば大変嬉しく存じます。

そのほかに心に残る言葉として、直木賞作家志茂田景樹氏からは、私の出版記念パーティーの席上で「死ぬ三十秒前まで執筆してください」と、励ましのお言葉をいただきました。また、古くは『信濃川』出版時、帯附を執筆いただきました直木賞作家和田芳恵氏から「ぜひ、私の家に遊びに来てください」とお声をかけていただきました。

これからも、一期一会、そして人との邂逅の大切さを噛みしめ、心に響く言葉を大切にしてゆく所存でございます。

旅情

私は現在要介護5である。身体障害者の手帖も所有している。佐渡旅行中に、駐車場で傘を強風に煽られ転倒した。右足大腿骨骨折で佐渡病院に一カ月入院した。手術後すぐにリハビリ治療を実施して頂き、歩けるようになった。確か二十年くらい前のことである。その後、三・一一の東日本大震災で、放射能からの被災を逃れるために息子といわき市から東京中野の都営住宅に五年間避難していた。ベランダで洗濯物を干していた時に、プランターの花に蜂が蜜を吸いに来て、蜂をよけようとして転倒してしまった。阿佐ヶ谷の河北総合病院に入院した。その後、三カ月に及ぶリハビリで何とか自力で歩行できるように回復した。その後、何度かいわきの病院に、怪我以外で入退院を繰り返した。その間、リハビリをおろそかにしたため、車椅子生活を強いられるようになった。至極無念である。

車椅子でも、福島空港から飛行機に搭乗して、北海道、札幌、小樽、そして沖縄本島、石垣島、竹富島などを息子と旅した。佐渡にも汽船に乗り英国車ジャガーで出かけた。また生まれ故郷小千谷にも、数年前に出かけた。いわき市から片道三百三十キロの厳しい旅であった。息子二人に付き添われて出かけた。長距離の車での旅は残念ながらもう限界だろう。旅行中、体力の衰えを痛感した。

ここ一年は、ベッドの上での寝たきり生活である。去年まではベッド脇に置いてあったポータブルトイレを使用できていた。ポールに掴まれば自分で用を足すことができた。我が家は一階二階の手すり部分と、トイレや浴室には手すりが張り巡らされている。従って私もポールや手すりを使えば二階にも昇ることができたのだ。だが、最近は二階には怖くて昇れない。まさに死の十三階段である。足を踏み外したら、死への直行便だ。また部屋の段差もバリアフリーに改築してもらった。

ポータブルトイレも、一階のテレビ室兼寝室のベッドの脇と一階の神棚のテレビの置いてある和室に一台置き、わざわざトイレに足を運ぶ必要性がないので助かっている。

だが、最近は部屋の移動が面倒になってしまった。そればかりか、外へ出かけることも極端に少なくなってしまった。車椅子から乗用車に乗せることが、息子は腰痛のため難しい。長男が、茨城から応援に来る時には、外食を兼ねてホテルなどで会食することはあるが、次男一人の時は皆無になってしまった。以前、身体が動ける時には、国内旅行や海外旅行によく家族で出かけたものだった。次男の佑季明は、二十代半ばの頃、当時西ドイツにホームステイで一カ月滞在したことがある。帰国後、その海外生活の感動を家族にも伝えたいということで、三菱在職中に有給休暇を利用して旅行を企画してくれた。その訪問国数は十一カ国に及ぶ。

最初の海外旅行は香港、マカオ。台湾、韓国、フィリピン、タイ、シンガポール、ハワイ、イタリア、フランス、スイスなどだ。それぞれが忘れがたい、思い出深い海外旅行でした。

特筆すべきことは、いろいろあって書ききれません。

フィリピンでは、今ではとても信じられないことですが、パイロットが航空機の操縦席に姉と弟を招き入れてくれたそうです。飛行機は自動運転に切り替えられていたそうです。子供たちは息を弾ませて私のところに駆け寄り、その驚きと感動を伝えてくれた。エコノミーの座席から見る景色とは雲泥の差で、とても迫力があったそうです。当時はまだハイジャックが今ほど騒がれていない良き時代でした。ペソのチップでもあげたの？　と聞くと、ニンマリ。財布は生憎持っていなかったの。

また他に、フィリピンでは、下の息子がフィリピンの女子大生と手紙のやり取りをしていて、何と親子で私たちの宿泊しているホテルに訪ねてきた。彼らはご自宅に私たちを招待したいと勧めてくれたが、息子は頑なに拒んだ。私たちは、興味があり行きたかった。後で理由を聞くと、せっかく御馳走を出されても、食べられないとかえってご迷惑を掛けてしまうのでお断りをしたそうだ。息子は意外と食事に関して、ナーバスな子供だ。香港旅行で、中華料理がレストランで出されても、息子は余り口にしなかった。日本の味付けの中華料理でないと、安心して美味しく食べられないと言う。私と娘はとても美味しく、本場の中華料理の味を堪能したと言うのに。

シンガポールは、ゴミひとつ落ちていない清潔な街だというイメージがある。だが、例外はやはりどこの国にもあるようだ。私たち家族は、新品と思われるピカピカに磨かれた、手入れの行き届いたステンレス製の三輪車に一人ずつ分乗して、大通りを颯爽と風を切って走った。速度は街中を並行して走るタクシーや乗用車と遜色ない。かなりのスピードだ。シンガポールの風は爽やかだった。

行き先は、泥棒横丁だった。この集落に入ると、街の雰囲気が一変した。とても一人でなんか歩ける雰囲気の街ではなかった。その名前からして、どこか犯罪の匂いがプンプンと漂ってくる。女装した長身、長髪の男性が、下着姿でひとりドアを開けて、こちらをギョロリと見ている。異様な感じがした。娘は、ここがシンガポールで一番エキサイティングな場所で面白かったと言う。私には信じられなかった。息子も私と同意見だった。旅をしていると、日常では気が付かないことが幾つも発見できるものだ。同じ姉弟でも性格が違う。

タイのパタヤビーチでは、モーターボートに長いロープが張られ、その先には、パラシュートがだらりと垂れ下がっている。ボートはエンジンをふかして、一気に猛スピードで海上を走り出す。すると、パラシュートがグワーンと舞い上がる。海上から二十メートルも上昇するのであろうか？　娘は「行明（佑季明の本名）、あれに乗ろう」と勧める。息子は、元々高所恐怖症なので乗る気など毛頭ない。けれど娘の強引さに押され、何とそのパラシュートで舞い上がったではないか。私は熱い砂浜の木陰で、天上に舞う子供たちを驚きの表情で見つめていた。娘は明治大学卒業後、同大学の山岳愛好家たちと、時々、鎖を使うほどの険しい山にも登っている。そんな経験からか、比較的困難な状況下においても、冷静に対応できるようだ。一方息子は、そんな経験もない。きっと、清水の舞台から飛び降りる心境で挑戦したのであろう。

海外旅行で特筆すべきは、一九九三年九月八日から十五日、パリでの親子三人展だと思う。息子の行明が前年企画して、パリに飛び企画を成立させてきた。翌年、八日程の日程で、パリにある「エスパソ・ジャポン」で三人展を開催した。もちろん行明は、有給休暇を使用しての渡仏であった。会社や部下たちの理解を得て、息子は大変感謝していた。企画は、私のミニ講演（同時通訳）と、娘の自作詩を日本語で朗読すること。レジメとして娘の詩を、友人の知り合いがフランス語に翻訳したものを、予め来場者に手渡していた。息子が詩の朗読に合わせて、ショパンのピアノ曲をカセットテープで流した。娘の選曲及び構成によるものだった。娘はこうした仕事に長けているように思われた。息子は、娘の指示通りにカセットを操作していた。

息子は写真、油絵、水彩など大型木箱に入れた作品を、東京から船便で一カ月かけて送ったものを展示した。会場は、まさに息子が目指していた「クロスオーバー」の世界（講演、朗読、絵画、写真）の誕生だった。私の波乱万丈の人生を聞いた聴衆の一人の老人は、涙をこぼしていた。また、娘の朗読を聞き終わった観客たちからは「トレビアン！」の声が飛び交った。娘は、日本の心（詩）が、異文化のフランス人に通じたと大変喜んでいた。息子の水彩画を譲って欲しいと言う青年がいた。非売品ということで、やっと納得してもらったようだ。

総じて、今回の企画は、成功裡に終幕した。帰国後、朝日新聞に「親子でパリにて個展」という記事が掲載された。

旅は日常を離れ、非日常の新しい発見を展開してくれる。旅情に酔いしれる。

母子文学碑掲示板

福島県いわき市に大國魂神社がある。千三百年の歴史と伝統を誇る神社である。この神社に二〇一四年五月二十九日、私の歌碑と娘の詩碑が建立されている。私の歌碑は、四国の伊予の山石である。そこに、黒御影石を嵌め込み、自筆で東日本大震災時の小名浜港の様子を詠んだ短歌を書いた。

娘は代表作「砂の記憶」を黒御影石に自筆で書いた。黒御影石は、遠くインドから中国経由で運搬されてきたと言う。

私たちの碑から三年後の、二〇一七年四月二十三日に息子の歌碑が建立された。山名隆弘宮司から、「息子さんの碑も建立されたら如何ですか?」と勧められ、息子もその気になったようです。

宮司氏によると、以前から神社のこの地域一帯を「言霊の杜」にする構想があったそうです。

息子の山石は、湯本温泉を見下ろす湯の岳から採掘された。俗名「虎石」である。虎の文様が石に浮かび上がっていることから命名されたという。貴重な山石のようである。現

左から　田中志津、佐知、佑季明の碑　右は掲示板

在は湯の岳は、採掘作業が禁止されている。

　このように、晩年の地に「母子文学碑」が建立されたことは、大変名誉なことである。

　息子は、姉の自筆の文字が小さいことから、将来風雨や小石に打たれ、姉の文字が壊れて文字が読めなくなってしまうことを懸念して、改めてステンレス製の掲示板の設立を決断したと言う。

　ステンレス掲示板の上段に娘の代表作「砂の記憶」の詩を活字で彫り込み、中段に私と息子の短歌。そして下段に各人のプロフィールを入れる構想だ。

　そして黒御影石の角柱でステンレス板を支える。高さおよそ一メートル五十センチを予定している。ステンレス版には、危険予防のために、黒御影石の額を作ると言う。

掲示板の下側の周囲には、鮫川の川石を配置して、その中には白い玉砂利を敷く予定でいる。立派な掲示板の誕生となる（二〇二三年二月四日建立）。

私は将来（百年、二百年、それ以上）を見据えた視点に立つ、息子の洞察力と構想に素直に敬意を表したい。

末永く「母子文学碑」が訪れる人の心を揺さぶる碑であれば、誠に嬉しい限りである。

親子三人展

息子の佑季明が、二〇二三年の新年早々、私のベッドに息を弾ませて駆け寄り、「お母さん、いわきで「親子三人展」を開催することにしたよ」。

私はそう言われても、唐突なことでよく理解できなかった。

話をよく聞くと、中央台の県営いわき公園内にあるいわき市立「いわき暮らしの伝承郷」の企画展示室で、一月二十六日（木）から三十日（月）までの五日間、三人展を企画したと言う。思い立ったら行動が早い次男である。学芸員の方に面談して、空いている日時をお聴きして急遽決めたと言う。今日は五日だ。それにしても、準備の時間が足りない。大丈夫かしら？　と心配してしまう。

息子は、翌日の六日にＤＭの案を印刷所に渡した。短納期でお願いしたと言う。一月は息子の詩集『瑠璃色の世界へ』の初稿が、土曜美術社出版販売から送られて来るのかもしれない。

私の随筆集『百六歳　命の言魂』の纏めも、私と一緒にしなくてはいけない。私の記憶力も驚くほど低下しているので、口述筆記などにも時間を要するであろう。たとえ既刊本の中から随筆などを再編集するにしても、新随筆を六本くらいは書かなければならない

（四本は既に書き終わっている）。

また、娘の新刊本『愛の讃歌』の校正作業もある。今月中旬ごろには、まとめて思潮社から初稿が送られてくる予定だ。

息子は、流行作家でもないのに、今回は超売れっ子作家のような忙しさだ。新年からおかしな現象が続く。息子も覚悟しての決断のようだ。やれる時にやっておかなければ、悔いが残ってはいけないという息子流哲学？　があるようだ。

私はこの施設には、まだ一度も訪れたことがない。息子は、友人が十数年前に写真展を開催した時に訪問したことがあるそうだ。

この施設には、わらぶき屋根の古民家が五棟ある。江戸時代後期から明治時代初期に建築されたものが屋外にある。当時の生活道具などが展示されている。いわき市の有形文化財に指定されている。小学生が各地から大勢遠足で訪問することがあるそうだ。今はいわき市も近代的な建造物が立ち並んではいるが、温故知新ではないが、子供たちにとっては、とても良い勉強になるであろう。

この施設の企画展示室で、「親子三人展」を開催するわけであるが、息子はどんな企画や構想を抱いているのだろうか？

息子によると、私の短歌や語録などを、東京在住の書家の伊井進先生に、色紙などに書いてもらい十数点展示する。同氏には、池袋にある東京芸術劇場や大阪市立美術館での展覧会に出すために、私の短歌を大きな画仙紙の全紙（一三六センチ×七〇センチ）に書いて頂いたことがあり、その作品も展示する。そして、私が百歳の時に施設で描いた、水彩画「り

「親子三人展」会場風景

んご」も並べると言う。

娘の故・田中佐知の代表作「砂の記憶」を、息子の教員時代の友人で福岡に住む書家高丘裕美先生に十数年前に書いて頂いた大作も展示する。彼女は日展他の公募展に入選したこともある実力のある書道家である。また、読売新聞社長賞も受賞している。

息子の佑季明は油絵、水彩、写真、コラージュ作品等の小作品を中心に展示するそうだ。会場がとても広いため、コレクションとして保管してあるビュッフェ・アイズピリなど他の作家の作品も一部展示することにしたと言う。田中佐知絵本詩集『木とわたし』の大型ポスターも展示する。

その他、私たち家族が刊行した全集を初めとする既刊本四十冊以上も展示すると言う。広く多くの方々にご高覧頂ければ、大変嬉しい限りである。

残念なことに、息子は百六歳になる要介護5の私を介護しているため、常時会場にいられない。搬入、搬出の一部時間帯と、必要に応じて会場に顔を出す程度と言う。これまでの東京でのグループ展などでも同様だった。

今回の会場はバリアフリーなので、私も息子に同行して、車椅子で一日だけでも鑑賞に出掛けたいと思っている。息子も同意してくれている。有難いものだ。ほとんど外出できない私にとっては大変楽しみなことである。

私は一月二十日、百六歳の誕生日を迎える。今回の企画展は誕生祝いにふさわしい。大変喜んでいる。

ＤＭの印刷も開場十日前ぐらいでなければ出来上がらないと思うので、充分な宣伝活動が出来ないと言う。息子は、たとえ鑑賞者数は少なくても、それでもやる意義はあると胸を張る。

「親子三人展」が成功裡に閉幕されることを今から祈念している。

二〇二三年一月八日　湘南台の自宅にて

＊福島民報・福島民友新聞・ＦＭいわき・月刊誌「りぃ〜ど」などに「親子三人展」が紹介された。

第三章

続・田中志津　執筆の系譜

大正・昭和・平成・令和の激動の時代を生き抜き、令和四年一月二十日　百五歳を迎えた作家・歌人の田中志津。

前作「田中志津　執筆の系譜」の『年輪』以降に刊行された作品を、ここに一挙に収載して、田中志津文学の完結を見る。

燃え滾る文学への情念は揺るがない。

はじめに

続・田中志津　執筆の系譜

このたび、執筆の系譜の続編を発行する運びとなりました。

これで、私の著した書物すべてが結実されます。百五歳にして、とても感慨深いものがございます。

前回は、一九六六年の同人誌「文学往来」に始まり、随筆日記「雑草の息吹き」（後にNHKでドラマ化）「今日の佳き日は」）、『信濃川』光風社書店、『遠い海鳴りの町』光風社書店、『佐渡金山の町の人々』ミズホプリント、『冬吠え』光風社書店、『佐渡金山を彩った人々』

新日本教育図書、全集『田中志津　全作品集』上・中・下巻　武蔵野書院、『ある家族の航跡』武蔵野書院、『邂逅の回廊』武蔵野書院、『志津回顧録』武蔵野書院、歌集『雲の彼方に』角川学芸出版、随筆集『年輪』武蔵野書院までを収載してきました。
今回はその後刊行された著書と掲載紙を纏め上げました。作家・歌人としての執筆活動の軌跡をここに辿ることにしました。人間・田中志津の文学の一端を皆様に知っていただければ大変嬉しく存じます。

田中志津

◆自作解説

歩きだす言の葉たち

百歳出版記念　百歳の母志津とその息子佑季明。二人の作家が、時代を越えて、織り成す随筆・詩・小説・短歌。限りなく燃え滾る文学への情念。衰えぬ静かな魂の叫び。現代に問う『歩きだす言の葉たち』よ。帯文より。
平成二十九年一月二十日、私は百歳を迎えた。自分がこの年まで生きるとは、実は想像

田中志津・田中佑季明共著

歩きだす言の葉たち

発行：愛育出版
仕様：四六判・ハードカバー・238 頁
ISBN：978-4-9090-8003-5
定価：本体 1,800 円＋税
刊行：2017 年 1 月 20 日
第一章　随筆　田中佑季明
第二章　短編小説　田中佑季明
第三章　田中佑季明詩集
第四章　随筆　田中志津

帯附　百歳出版記念
100 歳の母志津とその息子佑季明。二人の作家が、時代を越えて、織り成す随筆・詩・小説・短歌。限りなく燃え滾る文学への情念。衰えぬ静かな魂の叫び。現代に問う『歩きだす言の葉たち』よ。

もしていなかった。だが、こうして生きているからには、生きている証を残したいという気持ちもある。幸い、息子の佑季明が、本を刊行するというので、私との共著を提案すると、快諾してくれた。息子は、この本で、ある月刊誌に随筆を半年連載していた作品を収載している。また、東京の「植村冒険館」で取材した時の作品や東日本大震災の詩集及び小説を執筆している。

　私は、随筆を七本ほど書いてみた。「娘・田中佐知の詩集に寄せて」。娘が亡くなり、十三年もの歳月が、いつの間にか通り過ぎて行ってしまったが、娘に寄せる思いは未だに強いものがある。「今」を娘が生きていてくれればどんなに幸せだろうか。同じ時空に生き、喜怒哀楽を共に過ごせれば、また違った人生が送れていたかもしれない。現実の世界には、さほど不満はない。子供たちもよく面倒を見てくれている。有難いといつも感謝している。だが、娘が生きていれば、もっと充実した生活があったであろう。ない物ねだりは良くないが、ついつい愚痴が出てしまうことがある。

リオのオリンピックについても、頑張って書いてみた。テーマが大きく、書くことの大変さが分かり、こちらもオリンピックの競技に参加しているような錯覚に陥る時があった。息子にもデータ調査や、記録の確認などを協力してもらった。

百歳を迎え、内閣総理大臣、都知事、中野区長から祝状を頂いた。そんな様子なども随筆に纏めた。

また、校長・岡村秀一先生からのご依頼で、「小千谷市立小千谷小学校開校百五十年記念誌」に特別寄稿として巻頭に執筆した。この寄稿文も掲載した。私にとって小千谷は、生まれ故郷であり、心のふるさとでもある。まさにルーツである。小千谷に寄せる思いは、この年になっても大変深いものがある。小千谷の船岡公園には、私の「生誕の碑」が建立されている。とても名誉なことであり、誇りに思っている。小千谷市立小千谷図書館にも「田中志津文庫」を開設して頂いた。私のすべての著書を市民の皆様に閲覧して頂けることは、作家としてとても嬉しいことだ。

また、この本には二十数枚の思い出深い写真が掲載されている。女学校の時の写真から家族旅行、記念式典、そして九十九歳の誕生記念写真まで、私の人生の断片を切り取った写真集である。それぞれの写真には、懐かしい思い出が歴史として刻み込まれている。息子との共著が発刊された慶びを大変嬉しく思っている。

田中志津・田中佑季明共著

愛と鼓動

発行：愛育出版
仕様：Ｂ６判・ソフトカバー138頁
ISBN：978-4-909080-30-1
定価：本体1,200円＋税
刊行：2017年11月10日

第一章　随筆　田中佑季明
第二章　小説　田中佑季明
第三章　短歌　田中志津
第四章　随筆　田中志津
あとがき　田中佑季明

帯附　百歳出版記念第２弾！
筆を執りこの人生を書留めん
書くことだけが我が命なり
母志津・息子佑季明の随筆・小説・短歌を
まとめあげた渾身の１冊。
２人の言魂に愛と鼓動が共鳴する。

愛と鼓動

百歳出版記念第二弾として、平成二十九年十一月十日、愛育出版より次男佑季明と共著で『愛と鼓動』を刊行した。今年『歩きだす言の葉たち』愛育出版刊行に次ぐ、二冊目の著書である。百歳にして、一年に二冊も刊行できるとは、正直思ってもいなかった。刊行に当たっては、次男の強い薦めがあった。次男が「書けるうちに書いておいた方がいいよ」という一言に、その気にさせられ心が動いた。

　私の短歌と随筆、そして次男の随筆と小説からなる小著だ。写真は相川の女学校時代から折々の節目の現代まで掲載している。息子の随筆も多岐にわたり語られている。平成二十九年日本文藝家協会の「文藝家協会ニュース」十二月号が送られてきた。会員情報に私の記事が掲載されていた。平成二十九年に百寿を迎えられた会員として紹介されていた。協会の方より「各分野での長年にわたる文芸への貢献に敬意を表し、ご壮健をこころよりお祝い申し上げます」との言葉があった。私を含めて三人の作家の簡単な略歴紹介があった。一人はフランス映画字幕翻訳の第一人者で、フランス政府から芸術勲章・芸術文化勲章を受章されている。もう一方《ひとかた》は、俳人で著名な賞を受賞されている。女性は私ひとりであった。改めて、こうして紹介されると、本を刊行しておいてよかったと思う。また、百歳の会員の方たちは、百歳で本を刊行している。私だけでなく皆さん頑張っておられるのだわと連帯感のようなものを感じた。

この本では、短歌七十首ほど詠んだ。

日常の心模様や、庭の風景、入院した時の闘病短歌も収載している。また随筆は、避難先の東京から、六年ぶりに戻ったたいわきのことを綴った。生活の大半は、一階の和室の部屋で過ごしている。二階には足が不自由なために、何年も上がっていない。外部との接触は、訪問看護などはあるものの、あまり多くはない。よって、部屋から四季折々の庭の風景を眺めるのが楽しみである。野鳥が餌を食べに飛来してくる。家の前の高いコンクリートの電柱の先端には、トンビが止まり、ピーィヒョロロときれいな鳴き声を聞かせてくれる。早朝には、カラスが、カァーカァーと泣きわめいている。その声で眠りから目を覚まされる。また、日中には雀とヒヨドリの餌の攻防・争奪戦が面白い。ヒヨドリは、雀を蹴散らし餌を独占する。ヒヨドリのつがいであろうか、二羽で飛んでくることがある。ここでも力関係がある。餌を一羽が独占して、相手の鳥を追い払う。追い払われた鳥は、庭木の茂った枝にとまり、食べ終わるのをじっと待っている。鳥たちの間にも、生きるための戦いがある。時々、真っ黒い艶の良いカラスが餌を食べに来る時がある。その姿は、招かれざる客で、不気味なほどである。さすがにヒヨドリもカラスの出現には退散してしまう。

玄関のドアを開けていると、ツバメが家の中に入ってくることがある。人間をあまり怖がっていないようだ。玄関の靴箱の上に止まってこちらの様子を窺っている。微笑ましい。時々二匹の野良猫が時間差でやってくる。ガラス越しに私の部屋を覗いてゆく。時々、ガラス戸を手で叩く時がある。餌がほしいというサインなのだろう。息子が、庭に出て食べ残しのご飯や魚などを与えることがある。猫は、我が家が周回の定期コースに組み込まれているようだ。

庭木の成長や季節折々の草花などを見ることで、心がとても癒される。そんな何気ない日常の様を短歌に詠んだりしている。また、百歳を迎え、改めて自分の人生を振り返ってもみた。長いようで短い人生である。一口に百年と言えども、時間の連続性の中で過ぎ去ってしまえば、まるで泡沫のようでもある。よくぞここまで生きてこられたものだと思う。私の人生は、結婚前までは官吏の長女として順風満帆な平凡な人生を過ごしてきた。結婚を機に、波乱万丈な人生が思いも寄らずに待ち受けていた。夫の酒乱生活に二十年、家族と共に苦しめられ、不条理な生活を余儀なくされた。よくぞ耐え忍んできたと思う。夫の死後、やっと平穏な生活が戻ってきた。

馬車馬のように働いて真剣に生きてきた人生には、後悔は無い。一世紀にわたる悲喜こもごもの人生を振り返ってもみた。

人生の中で、引っ越しを何度となく繰り返してきた。引越しに纏わる話も随筆にした。いわき市の様々な思い出の数々もまとめてみた。

佐渡金銀山世界文化遺産登録に向けての熱い想いも語っている。

必ずや、私の生きているうちに、先人たちの願いを込めて、世界文化遺産登録を実現させたい。

この本の帯文には次のような一文がある。

百歳出版記念第二弾！　筆を執りこの人生を書留めん　書くことだけが我が命なり
母志津・息子佑季明の随筆・小説・短歌をまとめあげた渾身の一冊。二人の言魂に愛と鼓動が共鳴する。

田中志津

親子つれづれの旅

元号が令和に入り、初めて親子で著した本である。作家の息子・佑季明との親子対談は、初めての試みであった。私は大正、昭和、平成、令和と激動の時代を生き抜いてきた。両親とは、順風満帆で平和な時代を過ごしてきた。だが、結婚を契機に、一時期を除き、一

田中志津・田中佑季明共著

親子つれづれの旅

発行：土曜美術社出版販売
仕様：Ａ５判・ソフトカバー 122 頁
ISBN：978-4-8120-2535-2
定価：本体 2,000 円＋税
刊行：2019 年 10 月 10 日

第一章　親子対談
第二章　短歌　田中志津
第三章　随筆　田中志津
第四章　随筆　田中佑季明
第五章　美術評論　田中佑季明
あとがき　田中佑季明

帯附
百二歳にして旺盛な執筆活動を続ける母・田中志津と、おなじく詩、短歌、小説と作家活動を続ける息子・佑季明の、親子二代に渡る稀有のコラボレーション。短歌、随筆、対談…バラエティに富んだ結実の書。
百二歳いつまで生きむこの命子に見守られ明日を生きなむ（志津）

変して波乱万丈の生活を強いられた。夫の酒乱生活には、二十年の長きにわたり苦渋を飲まされた。荒唐無稽な言動に悩まされた。夫は当時としては、珍しくも二つの大学を卒業している。明治大学商学部を優秀な成績で収め、授業料免除、特待生で卒業した。その後中央大学法学部を卒業した。卒業後、大手企業の工場長まで勤めた。退職後、経営コンサルタントや、会社など幾つもの事業を立ち上げるが、いずれも軌道に乗らなかった。夫は、あろうことか、何と酒への逃避に走ってしまった。地獄絵さながらの生活の中でも、私は離婚もせずに、家計を支える為に、馬車馬のように働き、子供たち三人を大学まで卒業させた。それは子供たちへの限りなき愛情と期待があっ

たからであろう。私は苦渋の生活の中でも、文学に目覚め作品を世の中に発表してきた。『雑草の息吹き』は、NHKでドラマ化された。私の小説『信濃川』は、映画会社との盗作問題で、全国紙に紹介され世間を騒がせた。

六十歳直前で病に倒れた娘田中佐知は、死の直前まで私の作品『佐渡金山を彩った人々』と『冬吠え』を約二年間にわたりFM放送で朗読した。親への感謝を込めた、恩返しであったのであろうか。娘と私は全集まで刊行した。私の文学碑は、佐渡、小千谷、いわきに三つ建立されている。私の人生を振り返り、改めて人生の濁流に抗う女の業と性を感じる。

本書では、好きな短歌や随筆も収載している。息子も随筆や美術評論を執筆している。バラエティーに富んだ作品と自負している。

今、世界は大きな潮流の中で、動いている、ロシアとNATO、米国などが、ウクライナ戦争で、熾烈な戦いを繰り広げている。世界経済を巻き込んだ終わりなき闘いにはしたくない。

女、子供、老人など無抵抗な一般市民を無差別に、無慈悲に攻撃するロシア軍、本丸プーチンに強い怒りを覚えます。戦争犯罪人は、必ずや歴史が裁きます。

化学兵器、核の使用など、人類を滅ぼすようなことは、断じて許せない。

これ以上一触即発の事態が起こらない、平和な世界を切に望んでいる。

田中志津歌集
この命を書き留めん

発行：短歌研究社
仕様：四六判・ハードカバー 157 頁
ISBN：978-4-86272-634-6
定価：本体 2,500 円＋税
刊行：2020 年 1 月 20 日

Ⅰ　幼少期／女学校時代／佐渡金山　ほか
Ⅱ　東日本大震災／避難歳月　ほか
Ⅲ　百歳／百一歳／物忘れに思う　ほか

帯附　小説・随筆・短歌など、多岐にわたる文学作品を世に送り出してきた著者が、既発表作品に新たに創作した五十首程を加え、短歌における集大成としてまとめた作品集。大正・昭和・平成・令和という四つの時代を生き、百三歳を迎えた作家の三十一文字に籠めた生の真実、家族への深い思いは時を越え、世代を越えて人の心に沁みる。

背表紙　短歌で綴るわが人生。

田中志津歌集
この命を書き留めん

この歌集は、二〇一五年三月に刊行された『雲の彼方に』角川学芸出版に次ぐ歌集である。

私の既刊本の中から、短歌を抽出した作品と、新たに執筆した作品を纏め上げた。

新潟県小千谷の幼少期から、佐渡での青春時代、佐渡鉱山、戦争体験など、そして結婚の為、上京。東京での波乱万丈な結婚生活、四十三年住んでいた新宿、思い出の数多くの海外旅行。十四年間の所沢。所沢で最愛の娘を亡くした断腸の思い。全集出版祝。いわき市への九十歳での転居。そして、二年後の、千年に一度の3・11の東日本大震災。放射能を逃れ、息子・佑季明との東京への五年間の自主避難生活。その後、六年目にいわきへ戻り、やっと安住の地に辿り着いた。いわき市大國魂神社での母子文学碑建立等々。まさに、三十一文字の短歌で綴る我が人生である。大正、昭和、平成、令和を生き、百三歳で自分史的短歌集が刊行されたことは、私にとって、記念碑的な偉業である。

私の短歌から、読者に時代の匂いと、香りを感じ取って頂ければ、大変幸甚である。


筆を執りこの人生を書き留めん書くことだけがわが命なり

百四歳・命のしずく

この本は、随筆、短歌、語録からなる著書である。百歳前後に執筆していた作品である。百歳という年齢に近づくと、否応なしに記憶力なども衰え、自分でも呆れるほどである。語録は、九十五、六歳頃思いつくまま書き留めておいた作品である。僭越ながら、年の功で、人生経験を重ねてきたので、少しでも読者に届く語録であれば幸甚である。

気に入った語録を二、三紹介したい。


言葉とは、私の分身であり、世に歩き出す言魂でもある。

表舞台に立つには、何倍もの裏舞台がある。

田中志津著
百四歳・命のしずく

発行：牧歌舎
仕様：四六判・ハードカバー 262 頁
ISBN：978-4-434-28430-4
定価：本体 1.500 円＋税
刊行：2021 年 2 月 22 日

第一章　随筆
第二章　短歌
第三章　語録
執筆の系譜
あとがき
マスメディア紹介一覧
プロフィール

帯附　百四歳・出版記念
大正・昭和・平成・令和を生き続ける作家・歌人の田中志津。
随筆・短歌・語録・自作品を熱く語る。
燃え滾る文学への熱き情念は、感動を呼ぶ。

背表紙　文学魂

笑顔は万国共通語。心の壁を開放してくれる。お金のかからぬ世界通貨。
平凡に生き非凡に終わる。

執筆に当たっては、疑問点や調査などは、息子の佑季明に依頼して確認した。随筆は口述筆記も試みた。随筆は、日常の事柄から、原稿依頼されたものも含んでいる。リオのオリンピックは、息子とテレビ観戦し手に汗をかきながら、また新聞記事にも細かく目を走らせた。

私は昔から書くことが好きだった。このたびの刊行に当たっては、書くことに対する執念のようなものがあった。かっこよく言えば、文学魂というものだろうか？　年齢を百歳に重ねても、現役でいたいと言う熱い欲望はある。その情念で書き続けたが、悲しいかな昔ほどの体力がないのが残念である。年齢には敵わない。だが、己の命のしずくを絞り出して言魂を紡ぎたい。

佐渡金山

本書は、『遠い海鳴りの町』（一九七八年　光風社出版）を修正、百枚程加筆して『佐渡金山を彩った人々』（二〇〇一年　新日本教育図書）と改題して刊行した作品をさらに改題した復刻版である。佐渡金山が世界遺産候補となったため、それを受けて二〇二〇年『佐渡金山』と題名を変えて、角川書店より刊行した。余談だが、以前私は、郷土・新潟県小千谷市の大富豪の出身で、英米文学者、詩人として著名な西脇順三郎先生の東京のご自宅を訪問したことがある。その時、私の著書二冊を贈呈した際に、『遠い海鳴りの町』のタイトルではなく、『佐渡金山』にした方が読者にとっては分かりやすいと、アドバイスを受けた。それで今回の復刻に当たり、『佐渡金山』と改題した。訪問時、先生は『信濃川』は西脇家のこともよく書かれているので、もう一冊欲しいと仰られ、後日、ご自宅へ送らせて頂いた。その時、先生は郷土のよしみもあってか、「あなたは将来きっと名を残す作家になる」と言われ恐縮したものだった。後年、西脇家が所有する小千谷市の船岡公園に私の「田中志津生誕の碑」が建立された。（現在は小千谷市が管理。一部西脇家所有）。大変名誉なことである。西脇順三郎先生の碑も、同公園に建立されている。西脇先生に是非ご覧いただきたかった。

田中志津著
佐渡金山

第一章　船出　ほか
第二章　無宿者と遊女たち　ほか
第三章　佐渡金山入社　ほか
第四章　父の死　ほか
第五章　夫婦の軌道
第六章　佐渡金山大縮小の譜　ほか
第七章　現場技師との出会い
第八章　日中戦争　ほか
第九章　三十八年ぶりのクラス会　ほか
あとがき

帯附　三菱鉱業佐渡鉱山の最初の女性事務員で103歳を迎えた著者の貴重な体験を小説化。
金を中心とする佐渡鉱山の隆盛から凋落までを見つめてきた田中志津。
400年を超える歴史を誇る産業遺産の顕著な普遍的価値が今再び蘇る。
世界遺産総合研究所　所長　古田陽久

背表紙　次の世界遺産候補

私は昭和初期から七年間、三菱鉱業㈱佐渡鉱山に女性事務員第一号として勤務した。佐渡鉱山の隆盛から凋落を見つめてきた生き証人と言えようか。この本には、佐渡金銀山の四百年の歴史も織り込んだ。また、鉱山祭りや佐渡金山の光と影、日中戦争、エリート技師との出会い等々を丁寧に描いた。尚、『遠い海鳴りの町』の出版祝いで、三菱金属㈱社長・会長・稲井好廣氏からは「海鳴会」を立ち上げて頂き、当時の人たちと、都内の一流ホテルや三菱の高輪会館などで懇親会を盛大に開いて頂いた。当時の人たちとの邂逅は、私にとって青春時代の最も輝いて生きていた時期であり、大変懐かしく感慨深いものだった。関係者には大変感謝している。

ユネスコへの書類不備で二〇二三年再提出。二〇二四年の世界遺産登録を目指す。『佐渡金山』を皆様方に読んで頂くことによって、より一層、普遍的価値のある歴史的な佐渡金山に興味を抱き、理解を深めて頂けるのであれば、筆者としては、至上の慶びである。

この地に佐渡金山顕彰碑として、私の文学碑が建立されている。微力ながら、世界遺産登録に寄与できたとすれば、これ以上の慶びはない。

世界遺産フォーラム

二〇〇九年三月二十八日、新潟県万代市民会館大ホールにて開催された。
◎主催　新潟大学旭町学術資料展示館
◎共催　新潟県教育委員会　佐渡市教育委員会　他
◎後援　佐渡市　新潟日報社　ＮＨＫ　ＢＳＮ新潟放送　佐渡汽船　他
◎講師　逸見修　中澤静男
◎メッセージ　田中志津

私と息子佑季明と参加させて頂いた。

新潟大学副学長さま二人が、私の座席まで、わざわざご挨拶にお越しいただき恐縮した。
是非、佐渡金山の世界遺産登録が実現できることを願って止まない。
世界遺産フォーラムは、成功裡に終幕した。

佐渡金山世界文化遺産登録に託して

只今ご紹介頂きました私は『佐渡金山を彩った人々』の著者、田中志津と申します。

このたびのイベントが成功裡に終りますことを心からお祈り申し上げます。

実はこの席で私にお話を、と、相川小学校の逸見修《へんみおさみ》校長先生並びに新潟大学の橋本教授にご依頼されたのでございますが、私は九十二歳という高齢で体調を崩しており、お断り申し上げたのでございます。幸い橋本教授が代読して下さると申されましたので、お言葉に甘えお願い申し上げた次第でございます。（当日、大学の女性職員により代読された。）

逸見修校長先生との出逢いは、私の文学碑が佐渡金山の構内に建立して頂いた頃に偶然、お逢いさせて頂いたときからでございます。

先生との交流を通し、先生が相川小学校に赴任された五年ほど前から先生は、佐渡金銀山の世界文化遺産登録を目指され、真摯に取り組まれておられることを知り感動致しました。

先生は小学六年生の生徒たちを対象に、佐渡金銀山の歴史及び、佐渡の伝統芸能や文化を教え、体験させ、直接生徒に社会に発信させておられる特異な存在の先生でおられます。

また、新潟大学の橋本博文教授が、佐渡金銀山の世界文化遺産登録に貢献しておられることも存じ上げました。

この運動の陰には、学校の先生方、市民、ＰＴＡの方々並びに行政のご尽力のあったことを、私たちは忘れてはならないと存じました。

ところで、私が佐渡金山の町を初めて訪《たず》ねましたのは、新潟の県庁に勤めておりました私の父が、昭和七年、佐渡支庁へ首席属として栄転となり、私共家族は金山の町相川に移り住みました。

転勤の日、新潟の桟橋から越佐航路の船に乗り、両津港に着き、車で相川に向かったのですが、やがて暮色濃い相川町の玄関口、中山峠のトンネルを抜け切ると、急に眼下に展まる相川湾の海のざわめきが聞こえ、遠くなつめ色した町の灯が海風に煽られ、またたいている、艶めいた風景を見たとき、十五歳の私は、自分もこの町《鉱山》に住めるという想いで、感動で心震えたことを覚えています。

思春期から青春期にかけ八年間住んでおりました。感受性の強い時期でしたので、佐渡金山の町が忘れ難く、私は昭和五十三年『遠い海鳴りの町』を出版しました。この本は絶版となり、再び『佐渡金山を彩った人々』として刊行いたしました。その年が佐渡金山開闢《かいびゃく》四百年を迎えた年でありました。

佐渡金山では平成十七年四月、世界文化遺産登録に向けてのひとつとして「佐渡金山顕彰碑」を金山構内の第三駐車場に設置されました。これは昭和四十四年に採掘された金を含有した二トンの金鉱石と並んで、私の『佐渡金山を彩った人々』の文学碑が建立されました。

この文学碑は「株式会社ゴールデン佐渡」並びに「三菱マテリアル株式会社」によりまして建立させて頂いたものでございます。

身に余る光栄と感謝申し上げております。

この「顕彰碑」は佐渡金銀山の気の遠くなるような厳しい歴史の坩堝の中で、その時代時代を若いエネルギーを注ぎ、金山を支え、名もなく生きた多くの労働者の方々の情念や金山を愛した町の人々の想いが、かつての華やかな鉱脈の層に、その名残りをとどめ息づいていて欲しいと願った、私の想いを自筆で彫って頂いた碑でございます。

この想いは私の『佐渡金山を彩った人々』の中にも記載されております。

最後に、ここにご参列の皆々様および関係者の方々のご支援、ご協力によりまして、ぜひ佐渡金山が世界文化遺産に登録されることを、かつて佐渡金山の町に住み、佐渡金山に七年間勤めた者の一人として、切に願うものでございます。

平成二十一年三月二十八日

回想　小千谷慕情

私は百歳。小千谷小学校は、更に私よりも半世紀も歴史を重ねた日本一古い伝統校であります。「開校百五十年」心よりお慶び申し上げます。おめでとうございます。

私の父、増川兵八も母、青木ミツも明治時代に小千谷小学校を卒業しました。何年か前、東京から小学校を訪問させていただいたことがございます。

校内の廊下で行き交う教職員はじめ生徒さんたちが、何組も私たちに頭を下げ、あいさつする自然体の姿を見るにつけ、教育がしっかり行き届いているという実感を得ました。とても爽やかな印象を受けました。

校長先生から卒業生名簿を見せていただきました。名簿には、両親の名前も掲載されていました。ふっと、両親の顔が立ち現われ、なんとも言えぬ懐かしさが蘇りました。私は、大正十三年に入学し、大正十五年に父が郡役所の廃止に伴い新潟県庁に拝命されるまで、即ち第四学年まで、歴史と伝統のある学舎に通学したことを誇りに思っております。

日本有数の豪雪地帯で知られる小千谷。

私の子供時代は、電信柱まで雪が積もり、その上をそりが引きも切らず走っていました。道路を挟んだ向こう側の家に行くにも、雪のトンネルを作り、その中を通って出かけたもられていました。

のでした。通学には、蓑笠と藁沓《わらぐつ》を履き、雪道をさくさくと音を立てながら出かけました。また、屋根の雪下ろしも朝から各家庭で男衆に来てもらい、彼らは汗をかき重労働を強いられていました。

小学校の思い出は幾つかあります。

冬の体育の授業では、教室の障子戸越しの廊下に、子供用のスキーが数十本も置かれていました。子供たちは、そのスキーを履き、学校の裏山でスキーを楽しみました。私は、元来体育が苦手で、何度も転倒を繰り返していました。当時は、みんな、着物姿で滑走していたのです。私は幾度となく転倒して着物をびっしょり濡らし、家に戻ると、母親に叱られることを恐れ、見つからないように、そっと裏口から入り、囲炉裏《いろり》の火で濡れた着物を乾かしたものでした。

大正時代、十月三十一日の天長節《てんちょうせつ》（天皇誕生日）の日、小学校では、広い講堂に紅白の幕が張られ、日の丸の旗が飾られていました。日の丸の旗は、各家庭の軒にも、翩翻《へんぽん》となびいていました。舞台中央の一段高い所には、天皇陛下、皇后陛下の御真影《ごしんえい》が収められていました。会場は簞笥《たんす》から引き出されたばかりと思われる新しい生徒たちの着物から、しょうのうの匂いが、ぷんぷんと鼻につきました。生徒たちは整列して式典に臨みました。校長先生は白い手袋をはめ、正面の観音開きの扉を厳《おごそ》かに開けられました。天皇陛下と皇后陛下の御真影が現れました。その間、音楽教師によりピアノが演奏され天長節の歌が歌われました。「今日の吉き日は大君の、生まれ給いし吉き日なり……」そんな遠い昔の思い出があります。

戦火の激しい戦争中、私は、子供たちと小千谷に疎開《そかい》しました。防空壕にも入りました。また、大東亜戦争で、夜空に真っ赤に燃える隣町長岡の大火を小千谷で見て、身体の震えが止まりませんでした。

玉音放送をラジオで聞いたのも、疎開先の小千谷でした。これで戦争は終わった。だが、ソ連兵に殺されるのではと、女、子供は自決せよという恐ろしい流言飛語《りゅうげんひご》が吹き荒れました。戦争の残酷さをまざまざと思い知らされました。どれだけ多くの若者の兵士たちが、戦死してしまったことか。佐渡島でも、私の勤務する優秀な三菱の佐渡鉱山の若者たちを戦地へ送り出し、遺骨で帰ってきた兵士たちの姿を苦渋の思いで見てきました。再び戦争は、決してあってはならないと唇を強く嚙みしめました。

今でも朝鮮戦争は終結していません。世界では、宗教、民族、イデオロギーを巡って内戦やテロが後を絶ちません。愚かなことに、歴史の悲劇は繰り返されています。戦争経験者としては、限りない憤怒を覚えます。

小千谷は段丘の町です。日本一の信濃川が悠揚と流れ、遠方には越後三山の八海山などが望まれる風光明媚《ふうこうめいび》な土地柄でもあります。

正月十五日には「賽《さい》の神」の行事が近くの冬堀町の地蔵様の横に広がる墓地の空き地で行われました。法被姿の若者たちが櫓《やぐら》を組み立て、門松や注連縄、竹などを積みあげてゆきます。三角形の高い塔が建てられます。子供たちはその周辺で羽根突きや凧揚《たこあ》げに興じています。正月着を纏《まと》った大人たちも、お神酒や串刺しの餅を持って集まってきます。準備が整うと、神火が点けられ、鉛色の雪空に勢いよく赤々と火が燃え上がります。周囲の男たちの歓声が沸き上がり、やがて酒宴が始まります。竹竿で餅を刺し、火の粉の中に入れます。頃合いを見て餅を取り出し食べるのです。これが、私のふるさと小千谷の正月風景でありました。

私は故郷小千谷を舞台に小説『信濃川』を著しています。母をモデルに明治時代の女の半生を描いた作品です。私の作品は全集をはじめ、全て小千谷図書館「田中志津文庫」に収納されています。ご興味のあるお方は是非お読みいただければ、大変うれしく存じます。

また、詩人で英米文学者の西脇順三郎先生に、生前東京のご自宅をご訪問させていただきました。私の著書数冊を贈呈し、大変喜ばれておられました。先生からも今後私の作家活動に期待を寄せる旨のお言葉をいただき、感動致しました。

小千谷は、私にとっては心のルーツであります。この地の歴史、文化、風土、自然に触れ、有形、無形の影響を受けながら、育ち生きてまいりました。

年を重ねてからも、東京から子供たちを連れ、何度も小千谷を訪問しました。詩人でエッセイストだった亡き娘、田中佐知は、小千谷の郷土文化についても取材し作品を発表しました。

父が、母が育った小千谷。そして私の兄弟姉妹が育ち、また、時代は変われども、子供たちにも小千谷の土壌が連綿と受け継がれてゆきます。私は、ほんとうに故郷とはありがたく、良いものだと心より思っております。故郷小千谷に感謝しております。

船岡公園には、僭越《せんえつ》ながら「田中志津生誕の碑」が建立されています。父方の先祖は小千谷に十一代続いた縮問屋商「増善」でありました。この地に先祖の足跡を刻ませていただいたことに感謝しております。

機会がございましたならば、船岡山の私の文学碑に、是非、教職員はじめご父兄の皆様、そして生徒さんたちに足を運んでいただければ幸いでございます。小千谷小学校へ共に通った生徒のひとりとして、大変光栄に存じます。因《ちな》みに小千谷市のホームページにも除幕式の様子が紹介されております。「小千谷に文学の灯を」ご覧いただければ幸甚《こうじん》でございます。

百歳にして、小千谷小学校開校百五十年の記念誌に、私の拙《つたな》い文章が掲載されることを感慨深い思いでおります。ほんとうにありがとうございます。

今後益々母校小千谷小学校のご発展を心よりお祈り申し上げる次第でございます。

平成二十九年一月吉日

小千谷市立小千谷小学校開校百五十年記念誌
『創学の心を今、未来へつなぐ　下巻　子供に語り継ぎたい小千谷』より

いわきに想いを寄せて

娘の詩人田中佐知が、平成十六年二月四日、新宿の病院で、五十九歳十カ月で亡くなった。私一人所沢の自宅で暮らすのも大変だということで、作家の息子の佑季明の住むいわき市に平成十九年、九十歳から住むことになった。

平成二十三年、東日本大震災後の五年間は、住み慣れた（五十年以上）東京に自主避難して、作家活動を続けてきた。平成二十八年三月には、いわき市へ戻った。私は今年（令和三年）百四歳を迎えた。いわき市では、百四歳の方は十七名おられるそうだ。男性は二名、女性十五名と聞く。高齢化社会を反映している。だが、現役の作家として、令和二年短歌集『この命を書き留めん』（短歌研究社）と小説『佐渡金山』（角川書店）を復刻版で刊行。今年、『百四歳・命のしずく』（牧歌舎）を刊行した。現在要介護5である。両足大腿骨骨折で、車椅子生活を強いられている。身体も年々歳々厳しさを増してきた。物忘れも、自分でも呆れるほどだ。メモしたことさえ忘却することがある。これ以上物忘れは進んで欲しくない。だが、年齢を考慮すれば、あるがままに、生きるしかないのだろうと諦観するしかない。私は訪問診察・訪問看護・ヘルパー、入浴、デイサービス、ショートステイなどのサービスをケアマネージャーを通じて適宜受けている。また、息子は会社を六十歳で退職後、作家活動の傍ら、私の介護（薬の管理、トイレ介助、買い物、食事、掃除、洗濯、雑用）などを毎日忙しく熟《こな》している。高齢化社会の縮図ともいえる老老介護生活だ。息子には大変感謝している。

安心して暮らせるのも皆様の暖かいご支援とご協力があればこそと、常に感謝している。いわきの地に暮らし、原発事故という負の遺産を重く背負ってはいるが、人々の前向きな姿勢や、大自然に囲まれた環境には、とても癒されている。短歌を詠んでみた。

磐城の地幾年生きるこの命
　山河眺めて荒海に立つ

豊かさや寒暖流海の幸
　この地に暮らし至福の時

晩年の地となるいわき。この地には数多くの思い出を残している。

正月の小名浜港。岸壁には数十隻の大型漁船が連なり、新春の陽光を浴びて大漁旗を潮風になびかせている。ある漁船は、甲板に大きな長い竹を天高く掲げている。荒海に出る前の正月のひと時を船体は波止場で静かに休息している。穏やかな港町の風景である。

桜の季節、三崎公園では家族連れや恋人たちが、弁当などを広げ思い思いの桜見物を楽しんでいる。柔らかな桜の花びらのひとひらひとひらに癒される。夏の日、花火師たちにより小名浜港に大小さまざまな花火が打ち上げられる。観客たちは、暗闇に咲く大輪の花火にどんな想いを重ねるのだろうか。芸術の秋。市内の美術館や文化センター、画廊、ギャラリー、劇場では、さまざまな催しが開催されて、市民の眼や耳を楽しませてくれる。冬のクリスマスシーズンは、アクアマリンはじめ市内各地のイルミネーションが美しい彩りで、ライトアップされ街に活気を与えている。日本三古泉のひとつ湯本温泉街は、湯煙の中、忘年会の着物姿の酔客たちで賑わっている。

いわきに魂を残したい。千三百年の歴史を誇る大國魂神社には、母子文学碑（志津・佐知・佑季明）の歌碑・詩碑が建立されている。娘の佐知は、いわきゆかりの詩人と言われ、いわきで朗読会など多くの足跡を残してきた。息子も個展などの開催を重ねている。

私は波乱万丈の人生を送ってきた。夫の酒乱生活二十年という地獄絵図さながらの生活を耐え過ごしてきた。その後、作家活動にも熱が入った。著書も全集をはじめ十五冊となる。私はあとどれほど生きられるのか分からないが、生きている限り、皆様に感謝の心を忘れずに、悔いのない人生をいわきの地で送りたい。

令和三年六月

「いわき民報」二〇二一年六月二十一日

世界文化遺産登録へ願いを込めて

昭和七年（一九三二年）十五歳の春、私は新潟港を出航し、佐渡に向かう船の一室から荒涼とした海を眺めていた。そして県庁職員だった父の転勤で移り住むことになったまだ見ぬ金山の町に思いをはせた。あれから八十九年の年月がたち、私は百四歳になった。金山での日々は、今も鮮明に脳髄に浮かんでくる。

金山は我が家から十分くらいの場所にあったが、当時、女学校に通っていた私は訪れることなく過ごしていた。家のあった相川の町は初めは落ち着けなくて粗野に映った。江戸時代から金塊を掘り続けてきた武骨な男の町であり、苦難や忍耐が染み込んだ年月がしのばれたためかもしれない。

卒業後、初の女性事務員として旧佐渡鉱山に入社した。巨大な山を切り開いた懐に立ったとき、重くのしかかるような感慨が体をよぎった。朽ちた廃屋やひっそりと立つ作業員の霊を祭った墓石を前に、金山の歴史の底辺に生きた人々の悲哀を見るような思いだった。

相川の町には徳川三百年近くにわたり、幕府直轄の奉行所が置かれた。最も栄えた慶長、寛永の頃には二十万という人々が流れ込んだ。繁栄を支えたのが現場作業員だ。中でも水《みず》替《かえ》と呼ばれた作業員の多くは江戸で罪を犯した者や無宿人であり、苛酷な労働が課された。

各地で天災が相次ぎ、仕事を失った人が悪事に手を染め、彼らが佐渡に送り込まれたのだった。

明治維新後は政府直轄となり、一八八九年には宮内省御料局の所属、九六年には三菱合資会社に払い下げられた。私が入社した一九三三年は満州事変の二年後だが、その後、戦争の影が金山どころか日本全体を覆うとは考えもしなかった。

配属先は現場事務所だった。仕上《しあげ》、鍛冶など約百人の工員の日ごとの工程表を作るのが主な仕事だ。時折、設備に問題が起き、送電が止まると集中攻撃を受けた。職員は発電所に飛び、私は採鉱から怒声を浴びた。故障の原因が自分にあるようで割に合わない気がしたものだ。それでも工員たちの生き生きした息吹に触れ、インテリ技師との交流もあった。青春期をここで過ごしたことは今後の人生において大きな財産になった。

一九三五年前後から四〇年ごろの佐渡金山は活気に満ちていた。しかし、その頃、採鉱課長が「金の生産が落ち込んだ」と話すのも耳にした。日本最大といわれるこの金山もいつか没落するのだと、不吉な予感が胸をよぎった。

戦争は次第に金山に影響を及ぼすようになる。灯火管制が敷かれ、国防婦人会や女子青年団が結成され私も加わった。職場でも応召されていく若者が増えた。「戦死した」と後に聞かされた少年たちの顔が今も浮かぶ。今思えばあの時期は金山が隆盛から没落へと向かう最後の輝きだったように思う。私が辞めた後、五二年には大縮小が行われ、八九年に閉山を迎えた。

佐渡を去ったあとの人生は波乱万丈だった。悲しみの多い日々だったが、七年間の勤務

佐渡金山顕彰碑　新潟県佐渡市　2005 年 4 月 15 日

で得た経験は文章を書く力となり多くの本を出せた。今も現役作家であり、今年『百四歳・命のしずく』（牧歌舎）を刊行した。

　現在、佐渡金山はユネスコの世界文化遺産登録を目指している。昨年には私の『佐渡金山』（ＫＡＤＯＫＡＷＡ）も復刻版として発刊された。現地には私の文学碑があり、こう記してある。

　金山に勤めた人々のあの活気に満ちた青春の情念が、そして金山を愛した町の人々の熱い想いが、かつての華やかな佐渡金山の鉱脈の層にその名残をとどめ、息づいて欲しいと切に願うのである。

「日本経済新聞」文化欄　二〇二一年九月二日

祝いの朝

いぶし銀百五歳の朝迎え子供たちらと祝いの美酒

振り返る我が人生は何ぞやと波乱に満ちて悔いはないぞよ

筆を執り我が半世紀ます目埋め辛苦乗り越え生きざま見せて

気が付けば百五歳よこの命生きねばならぬ今日を生きて

佐渡の山世界遺産を夢に見て幾年待って希望の日かな

現代短歌新聞　二〇二二年三月五日
福島県の歌　作品特集

佐渡金銀山　世界遺産を目指して

登録実現　見届けたい

私は三菱鉱業（現三菱マテリアル）が操業していた佐渡鉱山の女性事務員第一号として、一九三三年に入社した。佐渡の海は、その落日の輝きの中に埋め去った青春の回想でもある。当時は、佐渡の金産出量も隆盛を極め、活気に満ちていた。全国から優秀な人材が、佐渡鉱山に寄せ集められていた。私は現場事務に勤務しており、エリートの彼らとの接点も多く、充実した日々だった。

盛大な鉱山祭

当時、鉱山祭が三菱と市民の間で町を挙げて三日間に及んで盛大に行われた。山車の上には、粋な芸者衆が三味線を弾き、社員や町民たちが佐渡おけさを流していた。

私たちの職場も大きな布袋《ほてい》の山車を作った。三菱の電気課は、イルミネーションの装置を手掛けた。私は初めてイルミネーションの輝きを見て、目を見張るほど感動した。また、女子事務員だけで流行歌「弥次喜多行進曲」に合わせて踊ったことも忘れがたい。

私は鉱山祭の社員の写真を、課長の指導の下、一カ月以上かけて一人狭い暗室で、百枚ほど焼き増しのプリントをした。家に持ち込んで作業したことも懐かしく思い出される。

戦時中の悲劇

おぞましい戦争も体験した。鉱山からも優秀な若者たちが、戦場に次から次へと駆り立てられ、戦死で帰還する者も多かった。その家族は、泣き叫び悲痛な声を上げていた。私は国防婦人会などに参加して、兵士たちに千人針を縫って無事を祈った。戦争の悲劇を間近に見つめながら、永遠の平和を願った。

私は一九四一年三月に退職した。母ミツが夫を亡くして八年たち、故郷である小千谷に戻りたいという意向があったため、家族で佐渡を離れた。

佐渡鉱山で働いていたときの社員の一人に、京都大を卒業して入社してきた稲井好廣氏がいた。彼は、後に三菱金属（現三菱マテリアル）社長、会長に就任した。私が七七年に佐渡金山を舞台にした小説『遠い海鳴りの町』を出版した際、記念として稲井氏から「海鳴会」という会を立ち上げていただいた。佐渡鉱山で働いた当時の仲間たちが集い、数年間にわたり、三菱金属の会館施設や都内の一流ホテルで、佐渡おけさを踊りながら、盛大に旧交を温めた。

私が佐渡を去ってから、膨大な長い歳月が過ぎ去った。八九年には、佐渡鉱山は閉山に追い込まれてしまった。私も二〇二二年一月二十日で百五歳を迎えた。

誇りある歴史

二〇二一年十二月二十八日、国の文化審議会は、世界文化遺産の国内候補に「佐渡島《さど》の金山」を選定した。今年二月一日、国は国連教育科学文化機関（ユネスコ）へ推薦書を提出した。

佐渡市の郷土史家で毎日新聞記者でもあった磯部欣三氏をはじめ、同市出身の元筑波大教授の田中圭一氏や、「史跡佐渡金山」の運営会社ゴールデン佐藤の元社長の中村洋氏らは、世界遺産の登録実現を熱望していた。だが、ご存命中にはその夢もかなわず、永眠されてしまった。至極残念である。彼らの夢を果たす意味でも、登録実現を目指したい。この目でしっかりと確認して、先人たちに報告したい。

四百年を超える歴史を誇り、普遍的価値のある佐渡金山は、世界遺産にふさわしい。そこに勤務した私にとっても、大変誇りである。

私は、二〇〇一年に出版した『佐渡金山を彩った人々』を『佐渡金山』と改題し、復刻版として二〇二〇年に刊行した。私の中に「記憶遺産」として佐渡金山はある。世界遺産への道のりは、いまだ先のことではあるが、限られた時間の中で、外交上、政治上などで

田中志津文学碑　新潟県佐渡市　2005 年 4 月 15 日

諸問題はあるにせよ、難関を乗り越えてほしい。私は生きている限り「佐渡島の金山」の世界遺産登録に熱い視線を送り続けたい。

「新潟日報」二〇二二年六月二十八日

『愛の讃歌』娘を語る

娘保子（佐知）が亡くなり、今年で十八年経つ。光陰矢のごとしである。しかし私の中では、今も娘は生きている。娘の没後、残された原稿を詩集、随筆、遺稿集、絵本詩集、文庫本、全集と、毎年刊行して来た。このような作家は、稀有な存在である。

また、娘の詩を現代音楽、混声合唱組曲等々、作曲家たちのご協力で演奏会が各地で催され盛況であった。追悼展や朗読会なども開催され好評であった。

このたび、第六章（「田中佐知を語る」）で、家族が娘に寄せる思いをそれぞれの立ち位置で語った本が『愛の讃歌』である。私は短歌と随筆で娘を振り返った。長男は妹を語る。次男は姉を語るという随筆である。娘は五十年にひとりの逸材だと、詩の出版社の社長から言われた。その言葉を是非娘に聞かせてあげたかった。

改めて、ここに『愛の讃歌』を世に問いたい。

代表作

砂の記憶

田中佐知

暗い天空に輝く
億年の歴史を秘めた星が
砕けて　散った
それが　砂だった

海底にうごめく　巨大な岩石が
海に削られ　なぶられ　抗い
最後の一粒となった
それが砂だった

砂の誕生は
砕かれること
砕かれることが
すべてのはじまりだった

ああ

遠い日の　砂の記憶

小さな砂の粒にも
これからの生の歴史が
刻まれるだろうか

短歌

田中志津

叡知富み詩作に耽けむ眼差しで机上に向う娘なりしも
病院の個室移りて半月を心痛みぬ笑顔悲しも
娘病む秩父連山号泣病険しく山神祈る
病室の窓より死なむと娘の云ふ慰め叱り動乱激し

娘を語る

私にとっての娘・保子（佐知）は、男兄弟の中のたった一人の娘であり、かけがえのない女の子だった。

幼少期から、頭の良い子供だった。疑問を持つと何故、どうしてなの？　と何事にも興味を示す子供だった。お茶碗の中の箸がお湯で曲がって見えると、どうしてなのと聞いてくる。光の屈折を説明すると、納得して頷く。

小学校低学年の頃、創作劇を作り、近所の子供たちに役を演じさせ指導していた。当時から芝居心があったのであろう。近所の人の推薦で、一九五五年ラジオドラマ「赤胴鈴之助」のオーディションを受けた。最終選考まで選ばれたが、審査員から、あなたは芝居心があり、セリフも巧みだ。今回の選考は、素人っぽい人を探している。あなたは声も綺麗で、将来声優になっても良い人材だと言われた。この時に、挫折の一幕が開けられた。この時の合格者には、吉永小百合、山東昭子、藤田弓子たちがいて、今でも女優として、タレントやまた国会議員として現役で活躍している。

娘は、天神小学校六年生の時だと思うが、八ミリ映画『拾ったマリ』（石川清先生監督）に主役で出演した。この作品は、新宿区のコンクールで2位に入賞した。

また、一九五九年、山本薩男監督の映画「荷車の歌」の子役に、娘は都内の数多くある児童劇団の中から、ダブルキャストとして選ばれた。主演・三國連太郎の他、望月優子、左幸子、西村晃らが出演している。西村晃は、中学一年の保子に、撮影の合間に、学校のことなどについてやさしく問いかけ、声を掛けてくれたという。私も青梅の撮影現場に同行したことがあった。絣の着物を着て演技する娘が何とも初々しくかわいらしかった。現場のスタッフたちは、保子が子役を演じることを疑わなかった。しかし、予想を裏切って保子は外され、端役しか与えられなかった。私はそれを聞いて、衝撃で言葉を失った。娘は悲しみの中、冷静に受け止めていたようだ。だが、今まで、自分を信じ真剣に取組んで来た自分の演技は、一体何だったのだろうか？　過去の撮影シーンが泡沫《うたかた》のように流れて消えていったに違いない。夢から現実に引きずり降ろされた娘の心境はいかようだったろうか？　少女の小さな胸に鋭いナイフで、ぐさりと魂をえぐり取られたような感覚に陥ったことであろう。身体全体ががらんどうとなり、虚脱感に襲われていたに違いない。私の、娘に対する慰めの言葉も空虚にしか聞こえなかったであろう。娘にとっての青春残酷物語の二幕目であった。

新宿の封切館（新宿文化）に、親子でこの映画を鑑賞に出かけた。娘はスクリーンをじっと食い入るように見つめていた。映画館を出ると、夜空にはきれいな星が瞬いていた。私には星が滲んで見えた。映画館から新宿のわが家までは近く、徒歩で帰宅した。娘は道すがら、夜の泣き濡れそぼった街を、挫折と敗北を感じながら、重い足取りで無言のまま家まで帰った。娘はこの道のりで、人生の厳しさと将来の生き方を模索していたに違いない。

これを機に娘は、自ら芸能活動から手を引いた。悲運と、大人の世界の不条理さを痛感したのだろう。

家族の人生は、決して順風満帆なものではなかった。夫・田中一朗は、明治大学商学部において、特待生で授業料免除の処遇だった。その後、中央大学法学部も卒業した勤勉な男でもあった。学生時代はスポーツや登山に親しみ、酒も煙草も口にしない真面目な男だった。その後、大企業の工場長を務めていた夫は、退職して独立し事業を興す。しかし、杜撰な経営で、後楽園の事務所を手放し、その後、家族は酒に溺れた夫との生活を長いこと余儀なく強いられ、酒乱生活二十年の歳月を耐え忍んだ。まさに子供たちは、青春時代のほとんどを、苦渋と蹉跌を味わわされて過ごすことになった。母親として、このような家庭環境に置かれた子供たちに対して、不憫で誠に申し訳なく思っている。だが、こうした状況下であっても、子供たちは不良になることもなく、学校に真面目に明るく通学して、優秀な成績を収めていた。父親を反面教師として捉え、現実の生活を直視し、深い悲しみの中にも真実を探求していた。子供たちは、皆明るく育ってくれた。兄・昭生と保子は、学級委員長を務め、みんなに親しまれ人気があった。弟・行明（佑季明）は、真面目でのんびりとした性格だった。保子は、放送部で、運動会の司会進行なども、巧みな話術で会場を盛り上げていた。

一九五七年、保子は新宿駅近くにあった、私立の精華学園中等学校（現在廃校）へ入学した。卒業生には美空ひばりがいた。だが、芸能活動を止めてからは、一九五八年、公立の東戸山中学校（現在新宿中学校）に転校した。中学校でも、目立つ存在で人気のある保子だった。一九六〇年、駒込高校に入学。生徒会活動をしていた。高校でも頭角を現していた。学校の文芸誌「るんびゐ」に短編小説を寄稿していた。娘は才能のある優秀な生徒であった。大学は上智大学を希望していたが、残念ながら不合格に終わった。本人は、浪人してでも希望大学を目指したかったが、父親の反対で断念せざるを得なかった。浪人させるほど我が家には経済力はなかった。子供に関心のない夫が、この時ばかりは泣きじゃくる保子を強引に明治大学の試験を受けるように説得した。夫が、子供にこれほど真摯に対峙した姿を見たのは、これが最初で最後だった。一九六三年、明治大学文学部英文科に入学。大学では、内外の文学作品を貪るように読んでいた。子供たちは、荒れ狂う生活環境下でも、自己を見失わず、それぞれが自己を確立してゆく。娘は在学中に、日本アナウンスアカデミーというアナウンサー養成学校にも通っていた。そこでは、精華学園で、また明大でも同期だった落合恵子と出会う。養成学校の下馬評では、保子に対して、アナウンサーは間違いなく合格するだろうといわれていた。だが、結果はここでも負の連鎖に見舞われた。落合恵子が合格した。娘は若い頃より、ここ一番で幾度となく挫折と苦渋を味わってきた。これが悲劇の三幕だった。女神はいつ娘に微笑みかけてくれるのだろうか?

一九六七年、大学を卒業して、幸い三菱商事㈱本社石油課に就職できた。だが、家庭では酒乱の夫が、夜遅くまで荒れ狂っていた。娘は残業後、タクシーで帰宅して、家に会社の書類を持ち帰り、仕事をしたかったが、そんな環境ではなかった。三菱商事㈱退職後は、一九八八年、東京国際教育研修所において、日本語教師として在日大使館員たちに日本語を教えた。また、弁護士事務所の事務などに従事したことがある。一方、一九八二年、詩誌「ハリー」同人、「ラ・メール」会員として詩を発表した。朗読会なども各地で催して、好評を博した。吉原幸子、新川和江、鈴木ユリイカ、國峰照子、中本道代ら詩人たちとの交流も生まれた。一九七八年、私と娘は、福島の天山文庫の草野心平を訪ねたことがある。そこで私の『信濃川』を寄贈した。

娘は、詩人仲間たちと新宿にあった草野心平の酒場バーにも出かけていた。詩人たちとの出会いで、数多くの刺激と経験を重ねていた。

生前、著作を発表したのは、一九八三年処女詩集『さまよえる愛』思潮社（三十八歳）と弟の行明との共著である写真集『ＭＩＲＡＧＥ』太陽出版（一九九三年）（四十九歳）の二冊。代表作の『砂の記憶』は、没後の二〇〇四年に刊行された。作品への妥協を許さない娘が、家族の早い出版希望を拒み続けていた。

朗報といえば、一九九六年俳優座での「岩波カルチャーサロン」の自作詩朗読であろう。また、二〇一〇年には、記念すべき俳優座でのＣＤも制作された。

娘は病を押して、私の小説『佐渡金山を彩った人々』と『冬吠え』の全編を約二年間（二〇〇二年から二〇〇三年）にわたり、毎週金曜日に二十分間、ＦＭ放送で朗読してくれた。娘が母親の小説を朗読することは、稀有なことであろう。新潟日報などに報道された。娘には感謝している。自分が病にかかっていることは、放送局のスタッフはじめ、親しき友人たちにも話さなかった。意志の強い娘だった。家族も、娘が大腸がんであることは秘密にしていた。今でこそ、本人への癌の宣告は珍しくないが、当時の家族の決断は告知せずだった。本人のナイーブさを考慮すると、その選択は間違っていなかったと確信する。

二〇〇四年二月四日、東京・新宿の総合病院で、五十九歳十カ月で逝ってしまった娘が、不憫で悔やまれる。今は、人生百年時代、生きていれば、まだまだ娘は作品を多く残して、世の中に発表できたはずだ。百三歳を迎えた私でさえ、現役として今年二〇二〇年『佐渡金山』角川書店と『この命を書き留めん』短歌研究社の二冊を刊行している。

娘の死を悔やんでばかりいられない。没後、毎年のように遺作を刊行してきた。残された原稿を私と次男の行明が纏め、出版社と交渉して、各出版社は快く引き受けて頂いた。詩集、エッセイ集、写真集、絵本詩集、遺稿集、全集、現代詩文庫と多岐にわたる。また、韓国でも二〇〇七年、詩集『砂の記憶』、『見つめることは愛』の二冊を刊行した。翻訳者二人（教授とエッセイスト）、並びに出版社の女性社長、ソウル在住の知人ご夫妻、私と息子二人で、懇親の場をソウルのロッテホテルのレストランで、総勢八人により開催した。娘にとっても、韓国での詩集の出版は、予想はしていなかったことであろう。異国の地で、自分の詩集が読まれることに喜びを感じていたに違いない。いつの日か、韓国で韓国人による娘の朗読会が催されることを切に祈っている。日本では、二〇〇八年、韓国から来日した女子高校生に娘の絵本詩集を草野心平記念文学館で韓国語で朗読していただいたことがある。「田中佐知の愛・草野心平の心」。

ソウルの大型書店二軒を廻り、娘の詩集を確認した。感慨深いものが全身を襲った。娘がこの場で喜びを共有できたとすれば、これほど幸せなことはない。

絵本と言えば、娘の『木とわたし』（二〇〇八年）が、福島県立あさか開成高校ボランティア部「オイガ」により、フィリピンの幼稚園や小学校で、子供たちへ英語で読み聞かせが行われた。日本の高校の英語教科書にも彼らの活動記録が掲載されている。オイガは、読み聞かせ部門で文部科学大臣賞を受賞している。二〇〇八年、私と息子は、郡山のクローバー子供図書館で開催された、彼らの読み聞かせを拝見させて頂いた。同席していた、著名な児童文学作家岩崎京子先生は、ご自身の作品「かさこ地蔵」を、子供たちに寄り添い、読み聞かせをなさっておられた。その後、岩崎京子先生には、娘の『田中佐知絵本詩集』(二〇一一年)の帯の文章を執筆していただき、光栄に存じ深く感謝している。

また、娘の詩は、森山至貴作曲により「鼓動」、「愛」が作曲され、混声合唱組曲として各地で演奏会が開催されている。息子と鑑賞に出かけた。楽譜、CDも音楽之友社より発売されている。また、教育芸術社から「愛」の楽譜が販売されている。荒川誠により現代音楽「孤独1・2」が発表された。その他、石河清により「砂の記憶」女声合唱組曲が発表された。埼玉大学の斎藤まりのさん作曲、指揮により、「痛み」が混声合唱団で、元埼玉銀行本社で演奏された。その後、二〇二二年五月八日、羽田空港のコンサートホールで、東京芸術大学を首席で卒業された大学院生、大畑眞さんに作曲して頂いた「ケシの花」が演奏され、ソプラノ歌手が歌われた。私は足が悪く、残念なことに行くことができなかったが、次男の佑季明が演奏会に出席して、大変感動したと息を弾ませて帰ってきた。大畑さんは、これからも娘の詩を作曲したいと抱負を語ってくれたと言う。有難いことだと思う。このように、詩だけではなく音楽としても付加価値のついた作品が残った。時々我が家で娘の音楽CDなどを聴いて楽しんでいる。彼ら作曲家の先生方には、よくぞ娘の詩を作曲していただけたと感謝申し上げたい。

このように、駆け足で娘田中保子（佐知）の足跡を見つめてきた。これからも、願わくば、娘の詩および随筆、絵本、写真、音楽が、後世に残る作品として輝き続けて欲しいものである。

田中志津（たなか・しづ）プロフィール

一九一七年一月二十日　新潟県小千谷生まれ
日本文藝家協会会員　作家・歌人
新潟県立佐渡高等学校卒業（旧相川実科女学校）
三菱鉱業株式会社　佐渡鉱山勤務　女性事務員第一号

主な著書
『信濃川』　光風社書店　一九七一年
『遠い海鳴りの町』光風社書店　一九七八年
『佐渡金山の町の人々』私家版　ミズホプリント　一九九〇年
『冬吠え』光風社書店　一九九一年
『佐渡金山を彩った人々』新日本教育図書　二〇〇一年
全集『田中志津全作品集』上・中・下巻　武蔵野書院　二〇一三年（新潟県の図書館に点字翻訳本あり）
『ある家族の航跡』武蔵野書院　二〇一三年　田中行明編
『邂逅の回廊―田中志津・行明交響録―』武蔵野書院　二〇一四年　田中行明と共著
『志津回顧録―短歌と随筆で綴る齢97の光彩』武蔵野書院　二〇一四年
歌集『雲の彼方に』角川学芸出版　二〇一五年
随筆集『年輪』武蔵野書院　二〇一五年

『歩きだす言の葉たち』愛育出版　二〇一七年　田中佑季明と共著
『愛と鼓動』愛育出版　二〇一七年　田中佑季明と共著
『親子つれづれの旅』土曜美術社出版販売　二〇一九年　田中佑季明と共著
『佐渡金山』角川書店　二〇二〇年
田中志津歌集『この命を書き留めん』短歌研究社　二〇二〇年
『百四歳・命のしずく』牧歌舎　二〇二一年

講演会・フォーラム
フランス　パリ　エスパソ・ジャポン　親子三人展パリで講話　志津・佐知・佑季明
いわき市　ギャラリーI《アイ》　講話
世界遺産フォーラム　新潟県万代市民会館大ホール
主催・新潟大学　共催・新潟県・佐渡市教育委員会
後援・NHK他　世界遺産フォーラムでメッセージ

文学碑
佐渡金山顕彰碑　田中志津生誕の碑　田中母子文学碑
新潟県佐渡市　新潟県小千谷市　福島県いわき市
佐渡金山　船岡公園　大國魂神社（いわき市）

その他
『佐渡金山を彩った人々』・『冬吠え』　娘の田中佐知がＦＭ放送で全編朗読。約二年間。
ＮＨＫ対談番組出演・ＮＨＫ取材インタビュー受ける。全国放送
新潟総合テレビ・ＦＭ放送出演
随筆日記「雑草の息吹き」が、ＮＨＫでドラマ化放送　「今日の佳き日は」全国放送
ＮＨＫ福島放送局　はまなかあいづＴＯＤＡＹ　出演
ＮＨＫ新潟放送局　世界遺産への道　出演
ＢＳＮ新潟放送　ゆうなびスペシャル「金が生きる島」出演　他

◎田中志津マスメディア紹介される
朝日新聞・讀賣新聞・毎日新聞・日本経済新聞・産経新聞・東京新聞・新潟日報・小千谷新聞・福島民報・福島民友・いわき民報・埼玉新聞・東京新潟県人会・伊勢新聞・京都新聞・高知新聞・愛媛新聞・週刊サンケイ・週刊現代・週刊読売・アサヒ芸能・みつびし・ＮＳＴ新潟総合テレビ・ＢＳＮ新潟放送・ＮＨＫ・佐渡テレビジョン・エフエム入間・その他多数

刊行に寄せて

このたび、随筆集『年輪』武蔵野書店に次いで、田中志津随筆集『百六歳　命の言魂』を土曜美術社出版販売より上梓する。この著書で、私の随筆集二冊が完結することになった。今まで著した著書は、全集を含めて十九冊を数える。今回の著書は、『年輪』以降の既刊の著書並びに新聞、雑誌等に掲載された随筆である。また、新たに随筆を五編追加執筆したものである。執筆に当たっては、口述筆記などで、次男田中佑季明の協力を得た。今回の企画は、佑季明が立案したものである。彼にはほんとうに感謝している。この年になると、悲しいかな記憶力がどんどん薄れ、忘却の彼方に思い出が消え失せてしまうことが多い。昨年より、特に自分でも呆れる程、自己の生きていることへの存在価値に疑問符を持つことが多くなり、恐ろしさを痛感している。これが老いるということなのだろう。昨年二〇二二年、いわき市の病院に二カ月半、足の傷の治療で、入院を余儀なくされた。コロナ禍で家族との面会も出来ず、残念ながら、物忘れの進行が一段と進んだような気がする。そんな中、退院直後、NHK新潟放送局とBSN新潟放送から佐渡金山関連の取材依頼があった。NHKでは、私の手書きのメッセージを、アナウンサーに番組で紹介して頂いた。取材に当たり医者から、病み上がりなので、長時間の取材は控えるようにとの助言を頂いていた。

BSN新潟放送には、新潟からいわき市まで取材に来て頂き、一時間三十分余りの取材を受けた。

幸い生放送でなかったので、編集で上手に構成して頂いた。ＢＳＮ新潟放送では一時間番組の他に、後日、三十分のニュース番組でも取り上げて頂いた。新潟地方からは、知人が偶然テレビ番組を見させて頂き、懐かしさと同時に感動したと言う電話を頂いた。

妹のよりは、認知症を抱えながら、平均寿命より十年長く生き続け、九十四歳でこの世を去った。

知人の認知症研究の第一人者、元・聖マリアンヌ医科大学学長、名誉教授の長谷川和夫先生も認知症となり、各報道機関で取り上げられたが、九十一歳でご逝去された。

私は百六歳の今日まで、病気らしい病気はしたことがなく、両親には、健康でいられることに対して大変感謝している。子供たちに守られ、医療従事者たちの支援を受けながら、生かされている。感謝の気持ちで一杯である。

だが、時に自分のあまりにも不甲斐なさに、心が折れ、腹立たしさを覚える時がある。そんな時は、優しく慰めの言葉を掛けてくれる次男佑季明に助けられている。私は子供を生んでおいてよかったと実感する時である。

いわき市では、私と同じ年齢の方は、令和四年九月一日現在八名いる。全て女性である。

日本文藝家協会会員の中では、私が最高齢者と聞く（令和四年十月十四日現在）。

私の願いは、佐渡金山が世界文化遺産に登録されることを、先人たちに代わって是非見届けたい。昨年、ユネスコからの指摘で、書類の不備により、世界遺産登録の審査が、一年見送られてしまった。こんなことが現実にあるのであろうかと、目を疑ってしまった。痛恨の極みであった。私には、若い人と異なり残された時間が多くはない。私の記憶力が、これ以上衰えない時期に、是非、佐渡金山の世界文化遺産登録の実現を切望する。

私は、佐渡金銀山四百年の歴史を踏まえて書いた『佐渡金山』（角川書店）には誇りを抱いている。この著書は、私にとって、世界遺産ならぬ「記憶遺産」である。

この本の随筆集以外のことについても、縷々述べてきた。私にとっては、このことも決して切り離すことのできない身体の一部である。

刊行に当たりましては、土曜美術社出版販売社主高木祐子様並びに、編集者の皆様方には大変お世話になりました。ここに厚く謝意を申し上げます。

令和五年一月二十日

日本文藝家協会会員
作家　歌人　田中志津

随筆集　百六歳《ひゃくろくさい》　命《いのち》の言魂《ことだま》

発行　二〇二三年七月六日

著者　田中志津
装丁　直井和夫
発行者　高木祐子
発行所　土曜美術社出版販売
〒162-0813　東京都新宿区東五軒町三—一〇
電話　〇三—五二二九—〇七三〇
FAX　〇三—五二二九—〇七三二
振替　〇〇一六〇—九—七五六九〇九
印刷・製本　モリモト印刷

ISBN978-4-8120-2780-6　C0095